Uni-Taschenbuch 153

UTB

Eine Arbeitsgemeinschaft der Verlage

Birkhäuser Verlag Basel und Stuttgart
Wilhelm Fink Verlag München
Gustav Fischer Verlag Stuttgart
Francke Verlag München
Paul Haupt Verlag Bern und Stuttgart
Dr. Alfred Hüthig Verlag Heidelberg
J.C.B. Mohr (Paul Siebeck) Tübingen
Quelle & Meyer Heidelberg
F.K. Schattauer Verlag Stuttgart-New York
Ferdinand Schöningh Verlag Paderborn
Eugen Ulmer Verlag Stuttgart
Vandenhoeck & Ruprecht in Göttingen und Zürich
Verlag Dokumentation München-Pullach
Westdeutscher Verlag/Leske Verlag Opladen

Herbert Anton

Die Romankunst Thomas Manns

Begriffe und hermeneutische Strukturen

Ferdinand Schöningh Paderborn

Prof. Dr. Herbert Anton ist Ordinarius für Neuere deutsche Philologie an der Universität Düsseldorf

ISBN: 3-506-99163-9

Printed in Germany.

Herstellung: Ferdinand Schöningh, Paderborn

Einbandgestaltung: A. Krugmann, Stuttgart

Inhalt

Die Regeln der Kunst, die sich in den Lehrbüchern finden, beziehen sich meist auf das Mechanische der Kunst. Sie müssen im Geiste gedeutet werden, und nicht nach dem Buchstaben.

Fichte

Einleitung

Typologie und Dialektik

Der erste Satz der *Buddenbrooks* ist ein Zitat und eine Rätselfrage: „Was ist das. — Was — ist das . . ."[1]. Thomas Manns Romane enthalten zahlreiche Rätsel. Eines der Rätsel hängt mit dem „Satz vom Grund" und damit zusammen: „daß jeder einen Vater hat und daß kein Ding zuerst und von selber ist, Ursache seiner selbst, sondern ein jedes gezeugt ist und rückwärts weist, tiefer hinab in die Anfangsgründe, die Gründe und Abgründe des Brunnens der Vergangenheit"[2]. Bei der Anwendung des „Satzes vom Grund" folgt Thomas Mann allerdings nicht nur Schopenhauer, sondern ebenso Nietzsche. Demzufolge kann er in Erinnerung an die Entstehung der *Buddenbrooks* schreiben: „Hier dachte freilich einer, der außer Schopenhauer auch schon Nietzsche gelesen hatte und das eine Erlebnis

---

[1] Buddenbrooks 101/5. Vgl. dazu unten S. 28 und E. LÄMMERT, Thomas Mann. Buddenbrooks, in: Der deutsche Roman, hrsg. von B. von Wiese, Bd. II, Düsseldorf 1965, S. 190 ff. Zur Thomas-Mann-Zitierung vgl. Literaturverzeichnis.

[2] Joseph und seine Brüder (Vorspiel) 106/11. Zum „Satz vom Grund" vgl. SCHOPENHAUER, Über die vierfache Wurzel des Satzes vom zureichenden Grund, Welt als Wille und Vorstellung und HEIDEGGER, Der Satz vom Grund, Pfullingen 1957.

ins andere hineintrug, die sonderbarste Vermischung mit ihnen anstellte"[3]. Solche „Vermischung" beruht auf einer Freiheit des Lesens, die Sartre als „dialektisches Hin und Her" bezeichnet und aus einem „Pakt der Großherzigkeit zwischen Autor und Leser" abgeleitet hat:

> So ist das Lesen ein Pakt der Großherzigkeit zwischen Autor und Leser: jeder vertraut dem anderen, jeder rechnet auf den anderen und verlangt von dem anderen ebensoviel wie von sich selber. Und dieses Vertrauen ist an sich schon Großherzigkeit: nichts kann den Autor zu dem Glauben verpflichten, der Leser werde sich seiner Freiheit bedienen; nichts kann den Leser zu dem Glauben verpflichten, der Autor habe sich seiner Freiheit bedient. Beide fassen einen freien Entschluß. Es entwickelt sich also ein dialektisches Hin und Her[4].

Dies gilt für alle Literatur, vorrangig jedoch für Literatur als „schöne Kunst" (Kant), da das dichterische Schaffen „seine Erfüllung nur im Lesen finden kann, da der Künstler die Sorge, das, was er begonnen hat, zu vollenden, einem anderen überlassen muß"[5]. Als „Appell an die Freiheit des Lesers" bildet „schöne Kunst" einen „Wert", der — wie Sartre in der Auseinandersetzung mit Kant formuliert — keinen Zweck „hat", sondern ein Zweck „ist"[6]. Hinsichtlich seiner „wissenschaftlichen" Begründung kam Kant in der *Kritik der Urteilskraft* zu dem Schluß: „Es gibt weder eine Wissenschaft des Schönen, sondern nur Kritik, noch schöne Wissenschaft, sondern nur schöne Kunst"[7]. Kants Entgegensetzung von Wissenschaft und Kunst resultiert aus einer methodischen Abstraktion[8], und

[3] Schopenhauer 114/276. Vgl. dazu H. LEHNERT, Thomas Mann — Fiktion, Mythos, Religion, Stuttgart usw. 1968 (2), S. 25 ff.

[4] SARTRE, Was ist Literatur?, Hamburg 1958, S. 35.

[5] SARTRE, a.a.O. S. 30.

[6] SARTRE, a.a.O. S. 31.

[7] KANT, Kritik der Urteilskraft, hrsg. von K. Vorländer, Hamburg 1959, S. 157 (§ 44).

[8] H.-G. GADAMER, Wahrheit und Methode, Tübingen 1960, S. 39 ff.

sie hat zunächst nur im Rahmen der methodischen Voraussetzungen der *Kritik der Urteilskraft* Gültigkeit. Andere ästhetische Theorien ermöglichen andere Unterscheidungen und die entgegengesetzte Behauptung: Es gibt keine „schöne Kunst", sondern nur eine „Wissenschaft des Schönen", und darum „gehört auch das Kunstwerk, in welchem der Gedanke sich selbst entäußert, zum Bereich des begreifenden Denkens, und der Geist, indem er es der wissenschaftlichen Betrachtung unterwirft, befriedigt darin nur das Bedürfniß seiner eigensten Natur"[9]. Für die Literaturwissenschaft läßt sich aus diesem Widerstreit die Folgerung ziehen, daß sie als „Wissenschaft" Sachverhalte beschreibt, die sie aufgrund formulierbarer Hypothesen selbst konstituiert, während sie als „Kritik" gleichzeitig nach der Wahrheit und Verbindlichkeit der theoretisch konstituierten Sachverhalte fragt. Die „Kritik" überschreitet dabei in jedem Falle die Grenzen der „Wissenschaft", so wie die Kunst „über ihren eigenen Begriff hinausgehen muß, um ihm die Treue zu halten"[10].

Thomas Mann hat diese Forderung erfüllt, und die Deutung seiner Romane kann Prinzipien befolgen, die er selbst angewandt und formuliert hat. Es sind Prinzipien der Hermeneutik, und sie erlauben, die im „Gesamtwerk vollzogene Anverwandlung literarischer und geistiger Traditionen als einen allgemeinen hermeneutischen Prozeß aufzufassen"[11]. Seinen Ausgangspunkt bilden Probleme des Lesens und Schreibens als „Interessen des praktischen Lebens" (Dilthey), aus denen „elementare For-

---

[9] HEGEL, Vorlesungen über die Aesthetik, Sämtliche Werke, hrsg. von H. Glockner, Bd. XII, Stuttgart-Bad Canstatt, 1964 (4), S. 35.

[10] ADORNO, Ästhetische Theorie, hrsg. von G. Adorno und R. Tiedemann, Gesammelte Schriften, Bd. VII, Frankfurt 1970, S. 51.

[11] J. SCHARFSCHWERDT, Thomas Mann und der deutsche Bildungsroman, Stuttgart usw. 1967, S. 10.

men des Verstehens" hervorgehen, die „Buchstaben" gleichen, „deren Zusammensetzung höhere Formen desselben möglich macht"[12]. Die „Zusammensetzung" elementarer Formen des Verstehens verleiht Thomas Manns Romanen hermeneutische, im Unterschied zu zeitgeschichtlicher Aktualität. Denn sie enthüllen Strukturen, welche Wirklichkeitserfahrung konstituieren, und demonstrieren die hermeneutische Relevanz der Traumtheorie, die Joseph dem eingekerkerten Schenken und dem Bäcker zu erläutern versucht, wenn er sagt: „Ich will euch das Geheimnis der Träumerei verraten: Die Deutung ist früher als der Traum, und wir träumen schon aus der Deutung"[13]. Zwei aller „Interpretation des Wirklichen"[14] vorausliegende Traumfiguren der Romane Thomas Manns heißen „Unheil" und „Segen" und konfrontieren wechselweise „Exponenten, Repräsentanten und Sendboten"[15], um Deutungen zu deuten, aus denen heraus „geträumt" wird. Das Verfahren hat Beziehungen zur „allegorischen Interpretation", von der Thomas Mann im Hinblick auf *Königliche Hoheit* einmal an Hofmannsthal schrieb: „Sie brauchten auch das Wort Allegorie, und dieses Wort ist ja ästhetisch recht sehr in Verruf. Mir scheint trotzdem die poetische Allegorie von großen Maßen eine hohe Form zu sein, und man kann, scheint mir, den Roman nicht besser erhöhen, als indem man ihn ideal und konstruktiv macht"[16]. In diesem Sinne

---

[12] DILTHEY, Der Aufbau der geschichtlichen Welt in den Geisteswissenschaften, Gesammelte Schriften, Bd. VII, Göttingen 1968 (5), S. 207.

[13] Joseph und seine Brüder 108/1012 (Joseph hilft aus als Deuter).

[14] E. AUERBACH, Mimesis, Bern und München 1964 (3).

[15] Einführung in den „Zauberberg" 114/334. Vgl. dazu H. PETRICONI, „Verfall einer Familie" und Höllensturz eines Reichs, in: Das Reich des Untergangs. Bemerkungen über ein mythologisches Thema, Hamburg 1958, S. 151 ff.

[16] Thomas Mann an Hofmannsthal, am 25. Juli 1909, TH. MANN,

und im Vergleich mit Denkern, die „über das Denken denken"[17], spricht Thomas Mann poetischen Werken „Bewußtheit und Kunstklugheit" zu[18]. In den eigenen Romanen bewähren sie sich als Analyse und Kritik hermeneutischer Kategorien und betreffen die „Eingeweideschau urältesten Schrotes und Kornes"[19] in demselben Maße wie jene philologischen Methoden, mit denen der Philologe Zeitblom die Geschichte seines musikalischen Freundes und die einer musikalischen Nation im Sinne eines Diktums von Jacob Grimm deutet:

Wo ferne ereignisse verloren gegangen wären im dunkel der zeit, da bindet sich die sage mit ihnen und weiß einen theil davon zu hegen; wo der mythus geschwächt ist und zerinnen will, da wird ihm die geschichte zur stütze. Wenn aber mythus und geschichte inniger zusammen treffen, und sich vermählen, dann schlägt das epos ein gerüste auf und webt seine faden[20].

Thomas Manns Kontamination von „Psychologie und Mythus"[21] und sein Briefwechsel mit Karl Kerényi[22] machen

---

Briefe 1889—1936, hrsg. von E. Mann, Frankfurt 1962, S. 76. Vgl. dazu und zu dem Folgenden G. REISS, „Allegorisierung" und moderne Erzählkunst. Eine Studie zum Werk Thomas Manns, München 1970.

[17] Lotte in Weimar 103/216: „Denken die Denker doch über das Denken, — wie sollte der Werkende nicht über den Werker denken, wenn wieder Werk daraus wird".

[18] Zu Goethe's „Wahlverwandtschaften" 113/244.

[19] Lotte in Weimar 103/192.

[20] J. GRIMM, Deutsche Mythologie, Göttingen 1835, S. III. Vgl. dazu H. SCHWERTE, Faust und das Faustische. Ein Kapitel deutscher Ideologie, Stuttgart 1962.

[21] Leiden und Größe Richard Wagners 114/125. Vgl. dazu und zu dem Folgenden Joseph und seine Brüder. Ein Vortrag 114/380 ff., H. KOOPMANN, Thomas Mann, in: Deutsche Dichter der Moderne, hrsg. von B. von Wiese, Berlin 1965, S. 68 ff. und eine nach Fertigstellung des Manuskriptes erschienene Arbeit von W. R. BERGER, Die mythologischen Motive in Thomas Manns Roman „Joseph und seine Brüder", Köln und Wien 1971.

[22] KERÉNYI-MANN, Gespräch in Briefen, Zürich 1960.

hinreichend deutlich, daß die „Faden“, welche seine Romane „weben“, Mythos und Mythen in deren eigenen Netzen fangen sollen. Die poetische Rezeption heidnischer und christlicher Mythologie dient der Mythoskritik und setzt einen Mythosbegriff voraus, der „Mythos als Distanz zu dem versteht, was er schon hinter sich gelassen hat“ und den „Spielraum der Imagination als das Prinzip seiner immanenten Logik“ begreift[23]. Dabei erweist sich die traditionelle Auffassung von der „Überwindung des Mythos durch den Logos“ als ein hermeneutisches Problem[24], welches in Erinnerung bringt, daß „Mythos“ und „Logos“ — gemäß der Etymologie — gemeinsam „Wort“ heißen, wie noch romantische Wort-Gedichte bezeugen, in denen ihr Widerstreit thematisiert und der Triumph des Mythos verheißen wird:

> Wenn nicht mehr Zahlen und Figuren
> Sind Schlüssel aller Kreaturen,
> Wenn die, so singen oder küssen
> Mehr als die Tiefgelehrten wissen
> Wenn sich die Welt ins freie Leben,
> Und in die Welt wird zurückbegeben,
> Wenn dann sich wieder Licht und Schatten
> Zu echter Klarheit wieder gatten
> Und man in Märchen und Gedichten
> Erkennt die wahren Weltgeschichten,
> Dann fliegt vor e i n e m geheimen Wort
> Das ganze verkehrte Wesen fort[25].

Thomas Mann ist im Gegensatz zu Novalis, den er zu gleichen Teilen kritisiert und anerkannt hat, kein „Sohn

[23] H. BLUMENBERG, Wirklichkeitsbegriff und Wirkungspotential des Mythos, in: Terror und Spiel. Probleme der Mythenrezeption, hrsg. von M. Fuhrmann, München 1971 (Poetik und Hermeneutik IV), S. 49 f.

[24] H.-G. GADAMER, Wahrheit und Methode, S. 256 ff. Vgl. dazu und zu dem Folgenden H.-G. GADAMER, a.a.O. S. 388 ff. und A. JOLLES, Einfache Formen, Tübingen 1968 (4), S. 91 ff.

[25] NOVALIS, Werke, Briefe, Dokumente, hrsg. von E. Wasmuth, Bd. I, Heidelberg 1953, S. 461.

der Mystik"[26], und er löst den Antagonismus zwischen Mythos und Logos infolgedessen nicht zugunsten des einen oder anderen auf. Er geht mit Nietzsche hinter ihn zurück und erkennt in ihm zwei widerstreitende Tendenzen einer als Einheit gedachten „sprachlichen Welterfahrung" (Gadamer), deren Ontogenese Benjamin unter dem Motto *Was nie geschrieben wurde, lesen* einmal folgendermaßen beschrieben hat:

> Dies Lesen ist das älteste: das Lesen vor aller Sprache, aus den Eingeweiden, den Sternen oder Tänzen. Später kamen Vermittlungsglieder eines neuen Lesens, Runen und Hieroglyphen in Gebrauch. Die Annahme liegt nahe, daß dies die Stationen wurden, über welche jene mimetische Begabung, die einst das Fundament der okkulten Praxis gewesen ist, in Schrift und Sprache ihren Eingang fand. Dergestalt wäre die Sprache die höchste Stufe des mimetischen Verhaltens und das vollkommenste Archiv der unsinnlichen Ähnlichkeit: ein Medium, in welches ohne Rest die früheren Kräfte mimetischer Hervorbringung und Auffassung hineingewandert sind, bis sie so weit gelangten, die der Magie zu liquidieren[27].

Als Mimesis der „höchsten Stufe mimetischen Verhaltens" wiederholt und reflektiert die Dichtung die Selbstbefreiung der Sprache, indem sie gleichzeitig den „abstrakten Gegensatz von Mythos und Logos" (Gadamer) überwindet. In den Romanen Thomas Manns tritt infolge der Überwindung dieses Gegensatzes an die Stelle einer seit der Aufklärung vorzugsweise historisch oder universalhistorisch gedeuteten Progression vom Mythos zum Logos die Einsicht in deren permanenten Widerstreit als eine Art „Schema, in dem und *nach* dem das vermeintlich ganz Individuelle lebt"[28]. Die ästhetische Verwendung des Sche-

[26] Von deutscher Republik 117/116.
[27] W. BENJAMIN, Über das mimetische Vermögen, Schriften, hrsg. von Th. W. und G. Adorno, Bd. I, Frankfurt 1955, S. 510.
[28] Freud und die Zukunft 114/225. Vgl. dazu H. BLUMENBERG, a.a.O. S. 31.

mas nennt Thomas Mann mit Vorliebe „Mythus traktieren"[29], um mit solchen und ähnlichen Formulierungen auch anzudeuten, daß seine „Feste des Erzählens", welche den „Mythus beschwören", damit „er sich abspiele in genauer Gegenwart"[30], allesamt „Komödien des Erzählens"[31] darstellen. In einem Vorwort zu *Königliche Hoheit* bediente Thomas Mann sich der Formel „Lustspiel in Romangestalt"[32], und tatsächlich führt das Erzählen in dem Roman ein Lustspielgeschehen auf und interpretiert sich dadurch selbst[33]. Ähnliches gilt jedoch ebenfalls für die *Buddenbrooks* oder für den *Doktor Faustus,* in denen ein „Trauerspiel" inszeniert wird, welches sich desgleichen selbst deutet. Es kommt nicht allein auf den Vorgang der „Selbstdarstellung des Erzählens"[34], sondern vor allem auf dessen „Geist" an, der als „Mythos" oder „Logos" in Erscheinung treten und ästhetisch bannen oder befreien kann. Trauerspiele bannen, indem sie als „Mythos" Wahrheit beanspruchen, ohne hinreichend Zweifel an der möglichen Wahrheit des eigenen Wortes zu erregen. Sie rufen Zustände „ästhetischer Unmittelbarkeit" hervor und verschleiern. Selbstverständlich sind solche Zustände auch ein Merkmal der Wirkung des Lustspiels. Aber sie bilden nicht sein entscheidendes Merkmal. Dieses besteht in „ästhetischer Distanz", die auf einem „Logos" beruht, der als „Wort" Wahrheit beansprucht und gleichzeitig — das unterscheidet Mythos und Logos — Zweifel an der möglichen Wahrheit des Wortes sät. Der Logos des Lustspiels

---

29 Richard Wagner und der „Ring des Nibelungen" 114/235.
30 Joseph und seine Brüder (Vorspiel) 106/39.
31 G. REISS, „Allegorisierung" und moderne Erzählkunst, S. 57 ff.
32 Vorwort zu einer amerikanischen Ausgabe von „Königliche Hoheit" 119/311.
33 G. REISS, a.a.O. S. 60.
34 G. REISS, a.a.O. S. 110 ff.

enthüllt und klärt auf. Er ist kritisch als spöttische Kritik an Menschen und Verhältnissen sowie als Prüfung der Erkenntnisbedingungen von Kritik. Diese „Intention der Komödie"[35] tritt bereits in den *Buddenbrooks* zutage und kennzeichnet nicht nur die Romane Thomas Manns, in denen der Mythos „traktiert" wird. Darum weisen sich nicht nur sie, sondern seine sämtlichen Romane als „Komödien des Erzählens" aus. Denn in ihnen allen gehören Kritik, Erkenntniskritik und Selbstkritik des Mediums der Kritik zusammen, und alle Romane erzeugen eine „Geistigkeit", welche weder Worte noch Taten als Tabu anerkennt[36]. Demzufolge stellen sie auch alle „Zukünftiges" dar und geben Novalis recht, der aphoristisch notierte: „Alle Darstellung der Vergangenheit ist ein Trauerspiel im eigentlichen Sinn — alle Darstellung des Kommenden — des Zukünftigen — ein Lustspiel"[37]. Wenn Thomas Mann dabei „überlieferte Mythen" (Aristoteles) rezipiert, so läßt sich deren Bezeichnung als „Mythos" am ehesten mit Aristoteles rechtfertigen, der dem Begriff ein poetisches Organisationsprinzip zugeordnet und des weiteren gefolgert hat, „daß es nicht die Aufgabe des Dichters ist, zu berichten, was geschehen ist, sondern vielmehr, was geschehen könnte"[38]. Damit ist gleichzeitig der Unterschied zwischen dem „Dichter" und „Geschichtsschreiber" angegeben. Dieser erzählt, „was geschehen ist", während jener darstellt, „was geschehen könnte". Thomas Mann hat

---

[35] H. ARNTZEN, Die ernste Komödie, München 1968.

[36] Vgl. dazu unten S. 62 und zu „Geistigkeit" ebenfalls den Sprachgebrauch der Essays Thomas Manns.

[37] NOVALIS, Poetizismen, Werke, Briefe, Dokumente, Bd. III, Heidelberg 1957, S. 41. Vgl. dazu die Bedeutung, welche dieser Aphorismus als Motto des in Anmerkung 35 angegebenen Buches gewinnt.

[38] ARISTOTELES, Poetik, übertragen von O. Gigon, Stuttgart 1969, S. 36. Vgl. dazu Terror und Spiel, S. 562 ff.

diesen „ästhetischen Konjunktiv"[39] als „revolutionäres Prinzip" der Poesie verstanden und mit einem aufgeklärten „Willen der Zukunft" identifiziert[40], auf den sich ein Satz aus dem *Vorspiel* des *Josephsromans* beziehen läßt: „Was uns beschäftigt, ist nicht die bezifferbare Zeit. Es ist vielmehr ihre Aufhebung im Geheimnis der Vertauschung von Überlieferung und Prophezeiung, welche dem Worte *Einst* seinen Doppelsinn von Vergangenheit und Zukunft und damit seine Ladung potentieller Gegenwart verleiht"[41]. Zur Genese dieses „Doppelsinns" gehört ein Gegensatz von „Typologie" und „Weissagungsbeweis", dem Auerbach nachgegangen ist, und von dem Bultmann schreibt:

Die Typologie steht unter dem Gedanken der Wiederholung, der Weissagungsbeweis unter dem der Vollendung. Den beiden Methoden entspricht ein verschiedenes Zeitverständnis: der Weissagungsbeweis rechnet mit dem linearen Lauf der Zeit, die Typologie mit dem zyklischen. Der Weissagungsbeweis entspringt der genuin alttestamentlichen Anschauung von dem durch göttlichen Plan geleiteten teleologischen Lauf der Geschichte, von der Heilsgeschichte, die zu ihrem Ende, ihrer Vollendung geht. Der Gedanke der Wiederholung stammt dagegen nicht aus einem echten Verständnis von Geschichte, sondern ist der kosmologische Gedanke von der zyklischen Bewegung des Weltenlaufs, der nicht eine Vollendung, sondern die Wiederholung, die Wiederkehr des Gleichen, kennt[42].

---

[39] Analogiebildung zu „kategorischer Konjunktiv" bei H. PLESSNER, Der kategorische Konjunktiv, in: Verstehen und Vertrauen, Festschrift für O. F. Bollnow, Stuttgart usw. 1968, S. 136 ff. Vgl. dazu H. BLUMENBERG, a.a.O. S. 20.

[40] Die Stellung Freuds in der modernen Geistesgeschichte 113/374.

[41] Joseph und seine Brüder (Vorspiel) 106/22.

[42] R. BULTMANN, Ursprung und Sinn der Typologie als hermeneutischer Methode, in: Theologische Literaturzeitung 75 (1950), Sp. 205. Vgl. dazu und zu dem Folgenden E. AUERBACH, Figura, Neue Dantestudien, Istanbul 1944 und L. GOPPELT, Typos,

Die eigentlichen „Kunststücke typologischer Exegese" (Bultmann) werden jedoch erst durch die Vermittlung des Gegensatzes, durch die „Eschatologisierung des Wiederholungsgedankens"[43] ermöglicht, und sie begründet auch jenen „Willen zur Zukunft", dessen „Figurae" Thomas Mann „Seele" und „Geist" nennt, um zu mutmaßen:

Es ist möglich, daß die Aussage, Seele und Geist seien eins gewesen, eigentlich aussagen will, daß sie einmal eins werden sollen. Ja, dies erscheint um so denkbarer, als der Geist von sich aus ganz wesentlich das Prinzip der Zukunft, das Es wird sein, es soll sein, darstellt, während die Frömmigkeit der formverbundenen Seele dem Vergangenen gilt und dem heiligen Es war[44].

Die Mutmaßung gehört zu den gnostischen Motiven im *Vorspiel* des *Josephsromans*[45], und gnostischen Ursprungs ist auch dessen Allegorese des Sündenfalls:

Alles mit Ruhe betrachtet, kann von einem Sündenfall der Seele oder des uranfänglichen Lichtmenschen nur bei starker moralischer Überspitzung die Rede sein. Versündigt hat die Seele sich allenfalls an sich selbst: durch die leichtsinnige Opferung ihres ursprünglich ruhigen und glücklichen Zustandes, aber nicht an Gott, indem sie etwa durch ihr leidenschaftliches Verhalten gegen sein Verbot verstoßen hätte. Ein solches Verbot war, wenigstens der von uns angenommenen Lehre zufolge, nicht ergangen. Wenn fromme Überlieferung dennoch davon berichtet, nämlich von dem Verbote Gottes an die ersten Menschen, vom Baum der Erkenntnis Gutes und Böses zu essen, so ist erstens zu bedenken, daß es sich hier um einen sekundären und schon irdischen Vorgang handelt, um die Menschen, welche unter Gottes eigener schöpferischer Beihilfe aus der Erkenntnis der Materie durch die Seele entstanden waren;

Darmstadt 1969 (Wissenschaftliche Buchgesellschaft, Nachdruck der Ausgabe Gütersloh 1939).

[43] R. BULTMANN, a.a.O. Sp. 207.

[44] Joseph und seine Brüder (Vorspiel) 106/34.

[45] K. HAMBURGER, Der Humor bei Thomas Mann, München 1969 (2), S. 168 ff.

und wenn Gott wirklich mit ihnen diese Probe anstellte, so ist kein Zweifel darüber zulässig, daß er sich über den Ausgang im voraus im klaren war, und dunkel bleibt nur, warum er es nicht lieber vermied, durch Erlassung eines Verbotes, dessen Nichtbefolgung sicher war, die Schadenfreude seiner dem Menschentum sehr mißgünstig gesinnten englischen Umgebung zu erregen. Da aber zweitens die Wendung Gutes und Böses ohne jeden Zweifel und anerkanntermaßen Glosse und Zusatz zum reinen Text ist und es sich in Wahrheit um Erkenntnis schlechthin handelt, welche nicht das moralische Unterscheidungsvermögen zwischen Gut und Böse, sondern den Tod zur Folge hat: so stehen der Erklärung kaum Bedenken entgegen, daß auch die Nachricht vom Verbote schon einen wohlgemeinten, aber unzutreffenden Zusatz dieser Art vorstellt[46].

Innerhalb der Geschichte der „allegorischen Interpretation" stellt solche Allegorese des Sündenfalls ein „revolutionäres Element" dar: „die demonstrative Umkehrung von Sinn- und Wertverhältnissen"[47]. Thomas Mann kannte sie als „Formel für einen Akt höchster Selbstbesinnung" aus Nietzsches *Genealogie der Moral*[48], und er verwendete sie als hermeneutische Kategorie, um Typologie in Dialektik übergehen zu lassen. Dabei bleibt die Funktion typologischer Motive und Verfahrensweisen keineswegs auf *Joseph und seine Brüder* eingeschränkt, und es bedarf auch einer hermeneutisch-kritischen Begründung, warum „Thomas Manns typologisches Vorgehen und die von Theologie und Kirche ausgebildete hermeneutische Methode im Entscheidenden nichts mehr verbindet"[49]. Der

---

[46] Joseph und seine Brüder (Vorspiel) 106/32. Vgl. dazu H. JONAS, Gnosis und spätantiker Geist, Erster Teil, Die mythologische Gnosis, Göttingen 1964 (3), S. 221 ff. und G. REISS, Sündenfall-Modell und Romanform, in: Jahrbuch der deutschen Schillergesellschaft 13 (1969), S. 426 ff.

[47] H. JONAS, a.a.O. S. 223.

[48] NIETZSCHE, Genealogie der Moral, Werke in drei Bänden, hrsg. von K. Schlechta, Bd. II, München 1960 (2), S. 1152.

[49] T. SCHRAMM, Joseph-Christus-Typologie in Thomas Manns Josephsroman, in: Antike und Abendland XIV (1968), S. 171.

eigentliche Unterschied zwischen Typologie als traditioneller hermeneutischer Methode und Thomas Manns Rezeption typologischer Motive und Verfahrensweisen besteht in der Umwandlung von Typologie in Dialektik, so daß „Romanform und Erkenntnismodell" identisch werden[50].

Ein konstitutives Merkmal der Typologie heißt „Steigerung"[51]. Sie deutet eine Strukturanalogie zwischen Typologie und Dialektik an. Deren Entgegensetzung und die von Thomas Mann vollzogene Umwandlung von Typologie in Dialektik gehen aus einer jeweils anderen Einschätzung des Vollzugs der „Steigerung" hervor. Die Typologie versteht ihn als eine geoffenbarte sowie sich vollendende „Wirklichkeit" der Wahrheit und heißt demgemäß auch „Semantik der Realitäten"[52]. Die Dialektik vermag dagegen den Vollzug der „Steigerung" in ontologischer Epoché allein als „Möglichkeit" der Wahrheit zu denken, und in diesem Sinne läßt Thomas Mann den Erwählten Gregorius einmal sagen: „Ich bin nicht, für den zu halten man mich gelehrt hat. Das Tor der Wahrheit, das man auch das Tor der Möglichkeiten nennen könnte, ist mir aufgesprungen durch einen Schlag"[53]. Tür und Tor sind „Sinnfiguren" des Epos und des Romans, und in ihrer Geschichte und Theorie wiederholt sich die Umwandlung von Typologie in Dialektik. Hinsichtlich der hermeneutischen Strukturen der Romane Thomas Manns kann

---

[50] G. REISS, Sündenfall-Modell und Romanform, a.a.O. S. 453. Vgl. dazu und zu „Dialektik" P. BÖCKMANN, Der Widerstreit von Geist und Leben und seine ironische Vermittlung in den Romanen Thomas Manns, in: Ironie und Dichtung, hrsg. von A. Schaefer, München 1970, S. 143 ff.

[51] L. GOPPELT, Typos, S. 19.

[52] H. LAUSBERG, Handbuch der literarischen Rhetorik, München 1960, S. 446. Vgl. dazu L. GOPPELT, Typos, S. 18 ff.

[53] Der Erwählte 102/356.

dies mit der intellektuellen Aszendenz ihrer Helden belegt werden, deren Struktur die „strukturelle Entsprechung von Leben und Selbstbewußtsein"[54] als Selbstreflexion zu bestimmen erlaubt.

[54] H.-G. GADAMER, Wahrheit und Methode, S. 238. Vgl. dazu und zu „Selbstreflexion" unten S. 62.

Äquivalente der Romantheorie

Thomas Manns Romane — darauf hat Koopmann nachdrücklich hingewiesen — „lassen sich nicht mehr einem bestimmten Romantypus zuordnen"[1]. Das gilt auch für ihre Helden. Dessenungeachtet bleiben sie Helden, und zwar „bürgerliche Helden" einer bürgerlichen Romantradition, deren Gegenbilder in antiken oder mittelalterlichen Epen zu suchen sind[2]. Das Attribut „bürgerlich" hat Hegel für die Theorie des Romans definiert[3], und von dieser Definition und ihrer Unterscheidung zwischen Epos und Roman geht Lukács aus, wenn er feststellt: „Der Roman ist die Epopöe eines Zeitalters, für das die extensive Totalität des Lebens nicht mehr sinnfällig gegeben ist, für das die Lebensimmanenz des Sinnes zum Problem geworden ist, und das dennoch die Gesinnung zur Totalität hat"[4]. Daraus resultiert die „transzendentale Obdachlosigkeit" der Romanhelden. Sie sind „Suchende"[5]. Auch Thomas Mann bediente sich dieses Begriffs, um jenen

[1] H. KOOPMANN, Thomas Mann. Theorie und Praxis der epischen Ironie, in: Deutsche Romantheorien, hrsg. von R. Grimm, Frankfurt und Bonn 1968, S. 278.

[2] K. REINHARDT, Die Krise des Helden, München 1962, S. 107 ff.

[3] HEGEL, Vorlesungen über die Aesthetik, a.a.O. Bd. XIV, S. 395.

[4] G. LUKÁCS, Die Theorie des Romans, Neuwied 1963 (2), S. 53.

[5] G. LUKÁCS, a.a.O. S. 35 und 58 ff. Vgl. dazu und zu dem Folgenden G. ROHRMOSER, Literatur und Gesellschaft. Zur Theorie des Romans in der modernen Welt, in: Deutsche Romantheorien, a.a.O. S. 396 ff.

„Helden" zu charakterisieren, „der Himmel und Hölle durchstreift, es mit Himmel und Hölle aufnimmt und einen Pakt macht mit dem Geheimnis" und auf der „Suche" ist „nach dem Höchsten, nach Wissen, Erkenntnis, Einweihung, nach dem Stein der Weisen, dem aurum potabile, dem Trunk des Lebens"[6]. Allerdings ließ er die Unterscheidung außer Acht, die der „Autor jener erstaunlichen *Theorie des Romans*"[7] vorgenommen hatte:

Der Held der Epopöe ist, strenggenommen, niemals ein Individuum. Es ist von alters her als Wesenszeichen des Epos betrachtet worden, daß sein Gegenstand kein persönliches Schicksal, sondern das einer Gemeinschaft ist. Mit Recht, denn die Abrundung und die Geschlossenheit des Wertsystems, das den epischen Kosmos bestimmt, schafft ein zu organisches Ganzes, als daß darin ein Teil sich so weit in sich abschließen, so stark auf sich gestellt sein könnte, um sich als Innerliches zu finden, um zur Persönlichkeit zu werden[8].

Der epische Held ist ein „Typos", dessen „Darstellung" (Hegel) Gesetzlichkeiten typologischer Interpretation zu erfüllen vermag, wie Auerbach gezeigt hat[9]. Der Held des Romans ist ein einzelnes Individuum, welches sich dialektisch reflektierend einer „Subjektivität" zu versichern sucht, „der weder in der Welt der Objekte noch in der der Normen etwas entsprechen muß"[10]. Daraus geht ein für die Geschichte und Theorie des Romans typischer Konflikt hervor: „der Konflikt zwischen der Poesie des Herzens und der entgegenstehenden Prosa der Verhältnisse"[11]. Er kann — wie im *Wilhelm Meister* — für die „Prosa der Verhältnisse" oder — wie im *Heinrich von*

[6] Einführung in den „Zauberberg" 114/336 f.
[7] Ein schönes Buch 120/79.
[8] G. LUKÁCS, a.a.O. S. 64 f.
[9] E. AUERBACH, Mimesis. Vgl. dazu G. LUKÁCS, a.a.O. S. 75 f.
[10] G. LUKÁCS, a.a.O. S. 58.
[11] HEGEL, Vorlesungen über die Aesthetik, a.a.O. Bd. XIV, S. 395.

Ofterdingen — für die „Poesie des Herzens" entschieden werden. In jedem Falle vollzieht sich die Entscheidung nach Maßgabe eines hermeneutischen Prinzips, welches Thomas Mann als „protestantische Gottesunmittelbarkeit" zu bezeichnen liebte[12] und Solger in einer Deutung der *Wahlverwandtschaften* folgendermaßen formuliert hat:

Hier ist das Erstgeborne das Individuum, welches das Ebenbild Gottes in sich trägt. Und zwar trägt es dasselbe in sich nicht als das Allgemeine oder als den absoluten Gott, sondern als das, welches gerade diesen bestimmten Punct endlicher Erscheinung (welchen wir eben Individuum nennen) mit seinem eigenen, durchaus nur ihm gehörigen Wesen beseelt. Es kann also heut zu Tage jeder seinen Gott nur in sich selbst finden und auch seine Philosophie und seine Kunst, oder wie Ihr es nennen wollt[13].

Leicht könnte dieser Standpunkt einem „zur letzten Abstraktion zugespitzten Selbst"[14] angelastet werden, welches die faktische Dialektik der Selbstentfremdung innerhalb der „bürgerlichen Gesellschaft"[15] für Selbsterfüllung hält. Dies ist ein Grundgedanke in der *Theorie des Romans* von Lukács. Goldmann hat ihn aufgenommen, um die Struktur des Romans als „Verdinglichungsstruktur" einer „modernen individualistischen Gesellschaft" zu entlarven[16], dabei aber nicht hinreichend berücksichtigt, in welchem Maße der Roman die „moderne individualistische Gesellschaft" kritisiert. Das gilt nicht nur für seine Themen und Motive, sondern speziell für die „Form des Romans als solcher" (Goldmann). Zu ihren Bedingungen

[12] Rede in Stockholm zur Verleihung des Nobel-Preises 119/214.

[13] SOLGER, Nachgelassene Schriften und Briefwechsel, hrsg. von L. Tieck und F. von Raumer, Bd. I, Leipzig 1826, S. 177 f.

[14] HEGEL, Phänomenologie des Geistes, hrsg. von J. Hoffmeister, Hamburg 1952 (6), S. 463.

[15] HEGEL, Grundlinien der Philosophie des Rechts, hrsg. von J. Hoffmeister, Hamburg 1955 (4), S. 200 ff. (§ 243 ff.).

[16] L. GOLDMANN, Soziologie des Romans, Neuwied 1970, S. 25 ff.

gehören Selbstbewußtsein und Selbstreflexion, und im Hinblick auf sie erscheint die von Goldmann beschriebene Homologie zwischen Romanstruktur und „Verdinglichung" als ein hermeneutisches Problem. Dieses ist älter als die „bürgerliche Gesellschaft" und älter als Romane, die es reflektieren und zu lösen versuchen. Es betrifft die Sprache selber. Deren „Buchstabe" ermöglicht „Verdinglichung", während deren „Geist" Freiheit bedeutet. So lautet jedenfalls Thomas Manns Antwort auf die Fragen „Wer läutet"[17] und: „Wer wir waren, was wir wurden; wo wir waren, wohin wir geworfen wurden; wohin wir eilen, woraus wir erlöst werden; was Geburt ist, was Wiedergeburt"[18].

Es ist nicht ausschlaggebend, ob Thomas Mann solche oder ähnliche Formulierungen gnostischer Spekulationen kannte. Auch liefern die gnostischen Motive des *Josephsromans* oder des *Erwählten* keine ausreichende Anhaltspunkte für die Deutung des Gesamtwerkes. Das Gesamtwerk bildet keine „große Entelechie"[19]. Allerdings hat es „als Ganzes seine Leitmotive"[20], und sie legen nahe, den in den *Buddenbrooks* ausgelösten „Reifeprozeß" der Helden[21] als eine intellektuelle Aszendenz und Genealogie des Geistes zu deuten, von der Thomas Mann mit Goethe meint:

[17] Der Erwählte 102/281 ff. („Wer läutet"). Vgl. dazu unten S. 56 f. und M. BENSE, Thomas Mann „Geist der Erzählung", in: Rationalismus und Sensibilität, Krefeld und Baden-Baden 1956, S. 36 ff.

[18] CLEMENS VON ALEXANDRIEN, Excerpta ex Theodoto 78/2, zitiert nach H. JONAS, Gnosis und spätantiker Geist, a.a.O. S. 261.

[19] KERÉNY-MANN, Gespräch in Briefen, S. 16 ff. Vgl. dazu F. LEHNERT, Thomas-Mann-Forschung, S. 27 f.

[20] Einführung in den „Zauberberg" 114/327.

[21] E. LÄMMERT, Thomas Mann, Buddenbrooks, a.a.O. S. 193. Vgl. dazu F. SCHARFSCHWERDT, Thomas Mann und der deutsche Bildungsroman.

Denn es erzeugt nicht gleich
Ein Haus den Halbgott, noch das Ungeheuer;
Erst eine Reihe Böser oder Guter
Bringt endlich das Entsetzen, bringt die Freude
Der Welt hervor[22].

Thomas Manns Helden stellen eine genealogische Reihe dar. Ihr Erbtum heißt „Geist", dessen Genese in der Thomas-Mann-Forschung auch als Entwicklung des „intellektualen Romans" beschrieben wurde. Koopmann, der diesen Titel prägte[23], übernahm den Begriff „intellektualer Roman" aus Thomas Manns Essay *Über die Lehre Spenglers*[24]. Als „intellektueller Roman" findet er sich bei Schopenhauer:

Ueberhaupt aber ergeht es uns im Leben wie dem Wanderer, vor welchem, indem er vorwärts schreitet, die Gegenstände andere Gestalten annehmen, als die sie von ferne zeigten, und sich gleichsam verwandeln, indem er sich nähert. Besonders geht es mit unsern Wünschen so. Oft finden wir etwas ganz Anderes, ja, Besseres, als wir suchten; oft auch das Gesuchte selbst auf einem ganz andern Wege, als den wir zuerst vergeblich danach eingeschlagen hatten. Zumal wird uns oft da, wo wir Genuß, Glück, Freude suchten, statt ihrer Belehrung, Einsicht, Erkenntniß, — ein bleibendes, wahrhaftes Gut, statt eines vergänglichen und scheinbaren. Dies ist auch der Gedanke, welcher im Wilhelm Meister als Grundbaß durchgeht, indem dieser ein intellektueller Roman und eben dadurch höherer Art ist, als alle übrigen[25].

Für die intellektuelle Aszendenz der Helden Thomas Manns kommt es weniger auf solche moralische Bedeutung des Erkenntnisvorgangs, als vielmehr auf dessen

---

[22] Phantasie über Goethe 115/57 und Die drei Gewaltigen 115/208. Vgl. dazu GOETHE, Iphigenie I/3.
[23] H. KOOPMANN, Die Entwicklung des intellektualen Romans, Bonn 1962.
[24] Über die Lehre Spenglers 113/224 f.
[25] SCHOPENHAUER, Aphorismen zur Lebensweisheit, Sämtliche Werke, hrsg. von A. Hübscher, Bd. V, Wiesbaden 1966 (2), S. 439 f.

transzendentalen Sinn an. Es geht nicht, wie Thomas Mann im *Vorspiel* des *Josephsromans* dargelegt hat, um die Moralisierung des „Verbotes Gottes an die ersten Menschen, vom Baum der Erkenntnis *Gutes und Böses* zu essen", sondern um Bedingungen der Möglichkeit von Erkenntnis, „um Erkenntnis schlechthin"[26]. Im Zusammenhang mit dem „Roman der Seele", von dem im *Vorspiel* die Rede ist[27], kann die „Geschichte des Sündenfalls" allerdings auf eine „Wahrheitsform" zurückgeführt werden[28], in der „Moral" und „Erkenntnis" genau so vermittelt sind, wie „Inhalt" und „Form" des Romans: „Der Roman ist die Form des Abenteuers, des Eigenwertes der Innerlichkeit; sein Inhalt ist die Geschichte der Seele, die da auszieht, um sich kennenzulernen, die die Abenteuer aufsucht, um an ihnen geprüft zu werden, um an ihnen sich bewährend ihre eigene Wesenheit zu finden"[29]. Thomas Mann läßt diese „Geschichte der Seele" in den *Buddenbrooks* als Spiegelung der Eltern in den Kindern beginnen und erinnert damit an eine Fragestellung der Begriffsgeschichte von „Figura", die „von der Mischung der Samen und von der Vererbung handelt; von den Kindern, die *utriusque figurae* des Vaters und der Mutter sind"[30]. Sie deutet wiederum auf das „Geschlecht" als „Denkform" hin, in welcher „die Beziehungen zwischen Vergangenheit, Gegenwart und Zukunft" als „Einheit" erfahren wurden[31].

---

[26] Joseph und seine Brüder (Vorspiel) 106/32. Vgl. dazu unten S. 53.

[27] Joseph und seine Brüder (Vorspiel) 106/30.

[28] Joseph und seine Brüder (Vorspiel) 106/30.

[29] G. LUKÁCS, Theorie des Romans, S. 89.

[30] E. AUERBACH, Figura, S. 16.

[31] P. PHILIPPSON, Genealogie als mythische Form. Studien zur Theogonie des Hesiod, Oslo 1936, S. 3. Vgl. dazu und zu dem Folgenden K. HEINRICH, Die Funktion der Genealogie im Mythos, in: Parmenides und Jona, Frankfurt 1966, S. 11 ff.

Hauptteil

Geburt

„Mischung der Samen“ und „Vererbung“ bilden Leitmotive der Romane Thomas Manns, und eine Goethe betreffende Überlegung erhält allgemeine Bedeutung:

> Wie kam und ging es aber? Wie mischte es sich heran? Sehr unterderhand, sehr unscheinbarerweise. Da kreuzen und gatten die Sippen sich, die Handwerker, Hufschmied- und Metzgergeschlechter, und der aus Nachbarlandschaft zugewanderte Gesell freit nach Brauch die Meistertochter, die gräfliche Lakai- und Sartorsdirn kopuliert sich dem geschworenen Landvermesser oder studierten Amtswalter, — ein Quodlibet harmlosen, auf Tod und Geburt sich wiegenden Lebens, das nach nichts aussieht, oder allmählich nach Besitz und Bildung, städtischer Wohlgeborgenheit und Patriziertum, Schultheißenwürde auszusehen beginnt[1].

Dem Interesse an „Mischung der Samen“ und „Vererbung“ entspricht Anteilnahme an Geburt und Geburten, welche immer wieder auf das Problem des Anfangs ganz im allgemeinen und auf die Abfolge der in den *Bekenntnissen des Hochstaplers Felix Krull* erwähnten „Urzeugungen“ hinweisen: „das Entspringen des Seins aus dem Nichts,

---

[1] Phantasie über Goethe 115/57 f.

die Erweckung des Lebens aus dem Sein und die Geburt des Menschen"[2]. Bezeichnenderweise lauten auch die ersten Sätze der *Buddenbrooks* in den Notizen Thomas Manns nicht „Was ist das", sondern „Anfang *Was ist das. — Was — ist das*"[3], und sie lassen vermuten, daß Thomas Mann die Erklärungen Luthers — gemäß einer frühen Vorliebe für „Gründe und Abgründe" — zunächst einmal als „Anwendung" des „Satzes vom Grund" auffaßte, die er aus *Welt als Wille und Vorstellung* hinreichend kannte. Andere Anwendungen waren ihm aus den Schriften Nietzsches oder zum Beispiel aus Goethes *Faust* vertraut:

> Geschrieben steht: „Im Anfang war das W o r t !"
> Hier stock' ich schon! Wer hilft mir weiter fort?
> Ich kann das W o r t so hoch unmöglich schätzen,
> Ich muß es anders übersetzen,
> Wenn ich vom Geiste recht erleuchtet bin.
> Geschrieben steht: Im Anfang war der S i n n.
> Bedenke wohl die erste Zeile,
> Daß deine Feder sich nicht übereile!
> Ist es der S i n n , der alles wirkt und schafft?
> Es sollte stehn: Im Anfang war die K r a f t !
> Doch, auch indem ich dieses niederschreibe,
> Schon warnt mich was, daß ich dabei nicht bleibe.
> Mir hilft der Geist! Auf einmal seh' ich Rat
> Und schreibe getrost: Im Anfang war die T a t[4].

In den *Buddenbrooks* geht Thomas Mann von der Geburt als „Tat" aus. Allerdings versteht er unter Geburt nicht nur die „Entstehung eines neuen Individuums", die Schopenhauer in dem „Augenblick" beginnen läßt, „da die

---

[2] Bekenntnisse des Hochstaplers Felix Krull 110/212. Vgl. dazu unten S. 35.

[3] P. SCHERRER, Bruchstücke der Buddenbrooks-Urhandschrift und Zeugnisse zu ihrer Entstehung 1897—1901, in: Die neue Rundschau 1958, S. 260.

[4] GOETHE, Faust I/1224 ff., Werke, hrsg. von E. Trunz, Bd. III, Hamburg 1967 (8), S. 44.

Eltern anfangen einander zu lieben" und im „Begegnen und Heften ihrer sehnsüchtigen Blicke" der „erste Keim des neuen Wesens" sprießt[5]. Geburt bezeichnet auch die Zusammengehörigkeit der „Descendenten eines Stammes, vom Ahnherrn bis zum gegenwärtigen Stammhalter", so daß ein einzelnes Individuum als „Sprößling" eines „vielzweigichten Baumes" lebt[6]. Thomas Mann zeichnete ihn vor der Niederschrift der *Buddenbrooks* in allen Einzelheiten auf[7], und wenn er Hanno Buddenbrook dann jenen berühmten „Doppelstrich" unter den „Stammbaum der Buddenbrooks" ziehen läßt[8], so kommt dies einem von Schopenhauer beschriebenen „altdeutschen Stammbaum" gleich, auf „welchem der letzte Sprößling der hoch hinaufreichenden Familie den Entschluß, sein Leben in gänzlicher Enthaltsamkeit und Keuschheit zu Ende zu führen und daher sein Geschlecht aussterben zu lassen, dadurch ausdrückte, daß er selbst an der Wurzel des vielzweigichten Baumes abgebildet, mit einer Scheere den Baum über sich abschneidet"[9]. Die von Schopenhauer und Thomas Mann aufgestellten „Stammbäume" sind als Deutungsmodelle einer wissenschaftlich betriebenen Genealogie[10] fragwürdig. Das spricht nicht gegen ihre Verwendung in den *Buddenbrooks,* denn der Roman behandelt keine tatsächlichen Abstammungsverhältnisse und deren soziale

---

[5] SCHOPENHAUER, Welt als Wille und Vorstellung, Bd. II (4. Buch, Kapitel 44), a.a.O. Bd. III, S. 614.

[6] SCHOPENHAUER, Welt als Wille und Vorstellung, Bd. II (4. Buch, Kapitel 44), a.a.O. Bd. III, S. 605 und Anmerkung 9.

[7] P. SCHERRER, Aus Thomas Manns Vorarbeiten zu den „Buddenbrooks", in: Thomas-Mann-Studien, Bd. I, Bern und München 1967, S. 7 ff.

[8] Buddenbrooks 101/396 f.

[9] SCHOPENHAUER, Welt als Wille und Vorstellung, Bd. I (§ 50), a.a.O. Bd. II, S. 285.

[10] A. VON BRANDT, Werkzeug des Historikers, Stuttgart usw. 1959 (5), S. 47 ff.

Implikationen, sondern handelt von den Gesetzlichkeiten ihrer Deutung. Darum kann er mit dem Abfragen des ersten Artikels aus Luthers *Katechismus* beginnen und mit der Apotheose einer „kleinen, strafenden, begeisterten Prophetin" enden:

„Tom, Vater, Großvater und die anderen alle! Wo sind sie hin? Man sieht sie nicht mehr. Ach, es ist so hart und traurig!"
„Es gibt ein Wiedersehen", sagte Friederike Buddenbrook, wobei sie die Hände fest im Schoß zusammenlegte, die Augen niederschlug und mit ihrer Nase in die Luft stach.
„Ja, so sagt man... Ach, es gibt Stunden, Friederike, wo es kein Trost ist, Gott strafe mich, wo man irre wird an der Gerechtigkeit, an der Güte . . . an allem. Das Leben, wißt ihr, zerbricht so manches in uns, es läßt so manchen Glauben zuschanden werden . . . Ein Wiedersehen . . . Wenn es so wäre . . ."
Da aber kam Sesemi Weichbrodt am Tisch in die Höhe, so hoch sie nur irgend konnte. Sie stellte sich auf die Zehenspitzen, reckte den Hals, pochte auf die Platte, und die Haube zitterte auf ihrem Kopfe. „Es ist so!" sagte sie mit ihrer ganzen Kraft und blickte alle herausfordernd an.
Sie stand da, eine Siegerin in dem guten Streite, den sie während der Zeit ihres Lebens gegen die Anfechtungen von seiten ihrer Lehrerinnenvernunft geführt hatte, bucklig, winzig und bebend vor Überzeugung, eine kleine, strafende, begeisterte Prophetin[11].

Der Ironie des Romananfangs entspricht die des Schlusses, zumal Thomas Mann wieder auf Luthers *Katechismus* zurückkommt, denn „der Roman, der mit der Erläuterungsfrage zum ersten Satz des Glaubensbekenntnisses einsetzt, mündet aus in eine Affirmation, wie sie der *Katechismus* für den letzten Satz des Bekenntnisses bereithält"[12]. Dagegen gilt die Ironie nicht der hermeneutischen Struktur, welche durch die Konfrontation von „Was ist das" mit „Es ist so" und infolge der Anwendung des „Satzes vom Grund" zutage tritt. „Was ist das" enthält eine Frage

[11] Buddenbrooks 101/576.
[12] E. LÄMMERT, a.a.O. S. 191.

nach dem „Grund". „Es ist so" bezeichnet die Möglichkeit einer Beantwortung. Darauf beruht der „Satz vom zureichende Grunde". Schopenhauer ging bei seiner Untersuchung und Anwendung von der Formulierung Christian Wolffs aus: *„Nihil est sine ratione cur potius sit quam non sit.* Nichts ist ohne Grund warum es sey"[13]. In „bejahender Fassung" besagt dies: „Jegliches, was in irgendeiner Weise ist, hat notwendig einen Grund"[14]. Das Korrelat des Grundes stellt die Folge dar, die von Schopenhauer als bedingte Wirkung gedacht wird. Geburt und Tod bilden eine Ausnahme, denn sie „halten sich das Gleichgewicht als wechselseitige Bedingungen von einander, oder, wenn man etwan den Ausdruck liebt, als Pole der gesammten Lebenserscheinung"[15]. Freilich trifft dies nur für das Leben der Gattung zu. Einzelne Individuen oder Stammbäume entstehen und vergehen so, wie es das Gesetz der Kausalität vorschreibt: ursächlich unbedingt.

Ein frühes Beispiel für Thomas Manns Anwendung des „Satzes vom Grund" liefert die Erzählung *Der kleine Herr Friedemann.* Sie beginnt mit der Geburt und endet mit dem Tod. Ihr Schlüsselwort heißt „Schuld". Es wird bereits im ersten Satz mitgeteilt: „Die Amme hatte die Schuld"[16]. Damit ist mehr als ein Verschulden gemeint. Die trunkene Amme der Erzählung Thomas Manns hat mythologische Urbilder und vertritt wie eine Mutter Ansprüche der mythologischen „mater rerum", aus „deren dunkelm Schooße alle Erscheinungen und Gestalten sich hervorwinden, um einst in ihn zurückzufallen"[17]. Davon

---

[13] SCHOPENHAUER, Über die vierfache Wurzel des Satzes vom zureichenden Grunde, a.a.O. Bd. VII, S. 7.

[14] HEIDEGGER, Der Satz vom Grund, S. 26.

[15] SCHOPENHAUER, Welt als Wille und Vorstellung, Bd. I (§ 54), a.a.O. Bd. II, S. 324.

[16] Der kleine Herr Friedemann 111/57.

[17] SCHOPENHAUER, Welt als Wille und Vorstellung, Bd. II (2. Buch, Kapitel 24), a.a.O. Bd. III, S. 360.

berichten die eleusinischen Mysterien, zu deren „Neophyten" Faust und der Faustvicarius Hans Carstorp gehören, welcher im Tempel der Demeter und Persephone anamnetisch sogar des Kultus ansichtig wird:

Zwei graue Weiber, halbnackt, zottelhaarig, mit hängenden Hexenbrüsten und fingerlangen Zitzen, hantierten dort drinnen zwischen flackernden Feuerpfannen aufs gräßlichste. Über einem Becken zerrissen sie ein kleines Kind, zerrissen es in wilder Stille mit den Händen[18].

Schopenhauer nennt solches im Persephone-Zagreus-Mythos gedeutete Leben sowohl einen „Scherz" der „Allmutter" als auch „Schuld des Daseyns":

Da die größte Schuld des Menschen
Ist, daß er geboren ward[19].

Diese Amphibolie von „Scherz" und „Schuld" bestimmt die Lebensgeschichte der Helden Thomas Manns und charakterisiert gleichzeitig die hermeneutische Differenz zwischen der Lebensgeschichte der Helden und dem Vorgang des Erzählens, denn die Erzähler können im „Scherz" berichten, wie ihre Helden an „Schuld" zugrunde gehen. Das führt zur „Selbstbesinnung des Erzählens"[20] und zu einer Absage an den „Satz vom Grund", die Thomas Mann als „sonderbarste Vermischung" von Schopenhauer und Nietzsche bereits für die *Buddenbrooks* in Rechnung

---

[18] Der Zauberberg 105/520 f. Vgl. dazu GOETHE, Faust II/6173 ff. und W. JENS, statt einer literaturgeschichte, Pfulligen 1962 (5), S. 161 ff. Zum Topos „trunkene Amme" vgl. Anthologia Graeca, Bd. I—IV, hrsg. von H. Beckby, München 1957/58 (z. B. Bd. II, S. 273).

[19] SCHOPENHAUER, Welt als Wille und Vorstellung, Bd. I (§ 51), a.a.O. Bd. II, S. 300. Vgl. dazu CALDERON, Das Leben ein Traum I/2.

[20] G. REISS, „Allegorisierung" und moderne Erzählkunst, S. 162 ff.

stellte[21]. Von Schopenhauer lernte Thomas Mann die Technik der Anwendung des „Satzes vom Grund" und ließ infolgedessen seine Helden nicht „Partikularsünden" abbüßen, „sondern die Erbsünde, d. h. die Schuld des Daseyns selbst"[22]. Nietzsche dankte Thomas Mann die später thematisierte Einsicht in die Grundlosigkeit des Grundes[23] und die frühe Erkenntnis:

> Eine Prophezeiung ist an sich unbeträchtlich; es kommt darauf an, ob sie Macht über dich gewinnt. Tut sie aber das, so ist sie schon bewiesen, und sie wird in Erfüllung gehen. — Wie? Und ist eine Prophezeiung, die in mir selbst aufsteht und stark wird, nicht wertvoller als eine, die von außen käme?[24]

Diese Überlegung enthält zwei Motive: Anerkennung und Kritik prophetischer Gaben. Die Anerkennung gilt der Dialektik von „Verheißung und Erfüllung"[25]. Der Kritik verfallen alle typologischen Nexus der Prophetie und deren transzendente Autonomie. Sie gehören zur „Kunst und Kraft der falschen Interpretation"[26], die Thomas Mann in kritischer Absicht sogar am eigenen Leibe erprobt hat, wie der *Roman eines Romans* berichtet:

---

[21] Schopenhauer 114//276. Vgl. dazu oben S. 7.

[22] SCHOPENHAUER, Welt als Wille und Vorstellung, Bd. I (§ 51), a.a.O. Bd. II, S. 300.

[23] Joseph und seine Brüder (Vorspiel) 106/11 f. Vgl. dazu HEIDEGGER, Der Satz vom Grund, S. 28: „Wohin geraten wir aber, wenn wir den Satz vom Grund bei seinem eigenen Wort nehmen und so auf den Grund des Grundes zugehen? Drängt der Grund des Grundes nicht über sich hinaus zum Grund des Grundes des Grundes? Wo ist, wenn wir in dieser Art zu fragen fortfahren, noch ein Halten und damit noch eine Aussicht auf Grund? Ginge das Denken diesen Weg zum Grund, dann müßte es doch unaufhaltsam ins Grundlose fallen."

[24] Der Tod 111/53.

[25] E. AUERBACH, Figura, S. 27 ff. Vgl. dazu Probleme alttestamentlicher Hermeneutik, hrsg. von C. Westermann, München 1968.

[26] NIETZSCHE, Menschliches, Allzumenschliches I/125, a. a. O. Bd. I, S. 529.

Tagebuch-Notizen von 1945 zeigen mir, daß am 22. Dezember dieses Jahres der Korrespondent von Time Magazine in Los Angeles mich besuchte (es ist eine Stunde Wagenfahrt von Down-Town bis zu unserem Landhause), um mich zur Rede zu stellen wegen einer Prophezeiung, die ich vor anderthalb Jahrzehnten getan und die in Erfüllung zu gehen säumte. Am Schluß eines damals verfaßten, auch ins Englische übersetzten Lebensabrisses hatte ich im halb spielerischen Glauben an gewisse Symmetrien und Zahlenentsprechungen in meinem Leben die ziemlich bestimmte Vermutung geäußert, daß ich im Jahre 1945, siebzigjährig, im selben Alter also wie meine Mutter, das Zeitliche segnen würde. Das ins Auge gefaßte Jahr, sagte der Mann, sei so gut wie abgelaufen, ohne daß ich Wort gehalten hätte. Wie ich es vor der Öffentlichkeit rechtfertigen wolle, daß ich immer noch am Leben sei"[27].

Die Anerkennung prophetischer Gaben betrifft demgegenüber mit der Dialektik von „Verheißung und Erfüllung" die transzendentale Autonomie der Poesie, welche Nietzsche in der vermeintlich transzendenten Autonomie der Prophetie ausfindig gemacht hat. Darum läßt Thomas Mann Schiller in einer „schweren Stunde" — als Gegenbild eines falschen Propheten[28] — im Anschluß an Nietzsche fragen: „Wer schuf, wie er, aus dem Nichts, aus der eigenen Brust? War nicht als Musik, als reines Urbild des Seins ein Gedicht in seiner Seele geboren, lange bevor es sich Gleichnis und Kleid aus der Welt der Erscheinungen lieh"[29]. In dem *Versuch einer Selbstkritik* der *Geburt der Tragödie* weist Nietzsche darauf hin, daß er in „Formeln" Schopenhauers „fremde und neue Wertschätzungen" auszudrücken suchte, welche dem „Geiste" Schopenhauers „von Grund aus entgegen gingen"[30]. Diese

---

[27] Die Entstehung des Doktor Faustus 115/88 f. Vgl. dazu Lebensabriß 119/255: „Ich vermute, daß ich im Jahre 1945, so alt wie meine Mutter, sterben werde."

[28] Beim Propheten 111/275 ff.

[29] Schwere Stunde 111/287.

[30] NIETZSCHE, a.a.O. Bd. I, S. 16.

„Wertschätzungen" ermöglichen die von Thomas Mann rezipierte Kritik der Anwendung des „Satzes vom Grund" als Ursprungsformel.
Schopenhauer dachte Geburt als Verheißung, deren Erfüllung im Tod besteht. Dies gilt ebenfalls für Nietzsche, der allerdings in der *Geburt der Tragödie* außer der Macht des Ursprungs bereits dessen Ohnmacht und die Erkenntnis bedachte, daß der Grund nicht Herr seiner Folgen ist. Mythisches Bewußtsein veranschaulichte diese Erkenntnis als „Dialektik des Entspringens" in Genealogien[31], und Nietzsche bediente sich in der *Geburt der Tragödie* eines Ursprungsmythos, um der Macht des Ursprungs dessen Ohnmacht entgegenzuhalten: Prometheus. Dabei berief er sich auf Goethe und auf die „verwegenen Worte" seines Prometheus:

> Hier sitz ich, forme Menschen
> Nach meinem Bilde,
> Ein Geschlecht, das mir gleich sei,
> Zu leiden, zu weinen,
> Zu genießen und zu freuen sich,
> Und dein nicht zu achten,
> Wie ich![32]

Als literarisches Motiv stellt Prometheus, der sich auch in Goethes Drama ausdrücklich von seinem Ursprung lossagt[33], ein Sinnbild des Künstlers und der Selbsterzeugung der Menschengattung dar, wie sie Felix Krull vorgeführt wird, nachdem er über die „drei Urzeugungen" belehrt worden war[34]. Felix Krull erinnert den „geneigten

---

[31] K. HEINRICH, Die Funktion der Genealogie im Mythos, a.a.O. S. 11 ff.
[32] NIETZSCHE, a.a.O. Bd. I, S. 57. Vgl. dazu Goethes Hymne Prometheus, Vers 52 ff.
[33] GOETHE, Prometheus I/8 f.: „Was Vater! Mutter! / Weißt du, woher du kommst?", a.a.O. Bd. IV, S. 176.
[34] Bekenntnisse des Hochstaplers Felix Krull 110/212. Vgl. dazu oben S. 27.

Leser" bei dieser Gelegenheit daran, wie er aus „Neugier nach den Ursprüngen" unter „allerlei Vorfahrenbildnissen" nach ersten Hinweisen auf sein „Selbst" sich forschend umsah[35]. In dieser Art „Neugier" wird der Anspruch des „Ursprungs" von jeglichem Bann „ursprungsmythischen" Bewußtseins befreit und mit einem dialektischen Prinzip der Selbstbestimmung vereinigt, welches aus „Freiheit" als „Grund des Grundes" hervorgeht[36]. Damit tritt „Steigerung" an die Stelle der „Degeneration" als negativem Begriff „des Weltverständnisses in einer ursprungsmythischen Geisteslage"[37]. In Analogie zu realprophetischen Entgegensetzungen von „Typos" und „Antitypos"[38] kann „Steigerung" selbstverständlich auch mythologisch interpretiert werden. Das beweist die Eschatologisierung des Mythos vom „goldenen Zeitalter", dessen Preis aus Ovids *Metamorphosen* vorzutragen Hanno Buddenbrook nicht in der Lage ist[39]. Als „linea ascendens" und Genealogie des Geistes in Thomas Manns Romanen ist „Steigerung" jedoch kein mythologisches Motiv, sondern ein intellektuelles Phänomen, „welches die Unruhe übernatürlichen Elends in der Brust eines einzelnen unter lauter lusthaft Einverstandenen erregt, ihn aus den Toren des Gewordenen und Gegebenen ins abenteuerlich Ungewisse treibt und ihn dem Steine gleichmacht, der, indem er sich löst und rollt, ein unabsehbar wachsendes Rollen und Geschehen einzuleiten bestimmt ist"[40]. Im Hinblick

---

[35] Bekenntnisse des Hochstaplers Felix Krull 110/238 f.

[36] HEIDEGGER, Vom Wesen des Grundes, 1955 (4), S. 53.

[37] K. HEINRICH, a.a.O. S. 16.

[38] R. BULTMANN, Ursprung und Sinn der Typologie als hermeneutischer Methode, a.a.O. Sp. 208 ff.

[39] Buddenbrooks 101/554 f. Vgl. dazu OVID, Metamorphosen I/89 ff., und H.-J. MÄHL, Die Idee des goldenen Zeitalters im Werk des Novalis, Heidelberg 1965 und H. PETRICONI, Metamorphosen der Träume, Frankfurt 1971.

[40] Joseph und seine Brüder (Vorspiel) 106/35.

darauf hält Thomas Mann an Zeugung und Geburt als einer genealogischen Auszeichnung seiner Helden fest. Das bestätigen der Prinz Klaus Heinrich, Joseph, Adrian Leverkühn, der Erwählte Gregorius, Felix Krull oder Helden der Erzählungen, wie zum Beispiel Moses, von dem es heißt:

Sein Vater war nicht sein Vater, und seine Mutter war seine Mutter nicht, — so unordentlich war seine Geburt. Ramessu's, des Pharao's, zweite Tochter ergötzte sich mit dienenden Gespielinnen und unterm Schutze Bewaffneter in dem königlichen Garten am Nil. Da wurde sie eines ebräischen Knechtes gewahr, der Wasser schöpfte, und fiel in Begierde um seinetwillen. Er hatte traurige Augen, ein Jugendbärtchen ums Kinn und starke Arme, wie man beim Schöpfen sah. Er werkte im Schweiß seines Angesichts und hatte seine Plage; für Pharao's Tochter aber war er ein Bild der Schönheit und des Verlangens, und sie befahl, daß man ihn zu ihr einlasse in einen Pavillon; da fuhr sie ihm mit dem kostbaren Händchen ins schweißnasse Haar, küßte den Muskel seines Arms und neckte seine Mannheit auf, daß er sich ihrer bemächtigte, der Fremdsklave des Königskindes. Als sie's gehabt, ließ sie ihn gehen, aber er ging nicht weit, nach dreißig Schritten ward er erschlagen und rasch begraben, so war nichts übrig von dem Vergnügen der Sonnentochter[41].

Zusätzliche oder andere Merkmale der „Geburt des Helden“[42] bilden Aussetzung und Inzest[43], wie sie im *Erwählten* weit über die Verpflichtungen der Vorlage hinaus beschrieben werden. Ähnliches gilt für Josephs Geburt, von der die Genesis formelhaft und ein besonderes Kapitel des Josephsromans ausführlich berichtet[44]. Für Adrian Leverkühn und den Prinzen Klaus Heinrich gelten wiederum andere Muster als „Sonderfall von Geburt“[45].

---

[41] Das Gesetz 112/623 f.

[42] O. RANK, Der Mythus von der Geburt des Helden, Leipzig und Wien 1909.

[43] O. RANK, Der Mythus von der Geburt des Helden und Das Inzest-Motiv in Dichtung und Sage, Leipzig und Wien 1912.

[44] Joseph und seine Brüder 106/257 ff. Vgl. dazu 1. Mose 30/23.

[45] Königliche Hoheit 102/181.

Adrian Leverkühn wird im Zeichen eines mythologischen Baumes geboren, der im *Ring des Nibelungen* erblühte[46], während die genealogische Auszeichnung des Prinzen Klaus Heinrich in einer „Hemmungsbildung" besteht, an welcher „in diesem Falle das Amnion die Schuld trägt" (22), über dessen Wirksamkeit Dr. Sammet den Großherzog unmittelbar nach dem kenntnisreich beschriebenen Accouchement der Großherzogin folgendermaßen belehrt:

„Das ist eine der Eihäute, Königliche Hoheit. Ja. Und unter gewissen Umständen kann sich die Abhebung dieser Eihaut vom Embryo verzögern und so schwerfällig vor sich gehen, daß sich Fäden und Stränge zwischen beiden ausziehen . . . amniotische Fäden, wie wir sie nennen, ja. Diese Fäden können gefährlich werden, denn sie können ganze Gliedmaßen des Kindes umschlingen und umschnüren, können zum Beispiel einer Hand völlig die Lebenswege unterbinden und sie allenfalls amputieren, ja"[47].

Die Erklärung ist medizinisch exakt, aber als medizinische Erklärung — wie sich bald herausstellt — bedeutungslos, da in *Königliche Hoheit* ein Held geboren wird, dessen „Erscheinen" eine Zigeunerin „vor hundert Jahren geweissagt", die daran eine „sonderbar formulierte Verheißung geknüpft hat"[48]. Mit ihm wächst in den Romanen Thomas Manns ein Geschlecht heran, das auf dem „Schauplatz dieser Welt" — wie eine frühe Begriffserklärung von Genealogie lautet — eine „vornehme Figur" macht[49].

---

[46] In „Leiden und Größe Richard Wagners" weist Thomas Mann ausdrücklich auf „Siegfrieds Träumerei unter der Linde" hin (114/126). Vgl. dazu Der Zauberberg 105/756, Doktor Faustus 109/14 f. und R. WAGNER, Der Ring des Nibelungen, Siegfried II/2.

[47] Königliche Hoheit 102/23.

[48] Königliche Hoheit 102/26. Vgl. dazu unten S. 56.

[49] J. G. WALCH, Philosophisches Lexicon, Bd. I, Hildesheim 1968, Sp. 1587 (Nachdruck der 4. Auflage, Leipzig 1775). Vgl. dazu und zu dem Folgenden H. WYSLING, Die Fragmente zur „Fürsten-Novelle", in: Thomas-Mann-Studien, Bd. I. S. 97.

Deren Genius verleiht den „*guten* Willen zum Scheine", um „jener *Freiheit über den Dingen* nicht verlustig zu gehen, welche unser Ideal von uns fordert"[50].

[50] NIETZSCHE, Die fröhliche Wissenschaft II/107, a.a.O. Bd. II, S. 113.

Schein

Schein ist eine Kategorie gesellschaftlichen Verhaltens und insofern weder auf die höfische, noch auf die bürgerliche Gesellschaft beschränkt, um bei Schauplätzen der Romane Thomas Manns zu bleiben. Als Kategorie gesellschaftlichen Verhaltens betrifft Schein den Einzelnen in seiner Rolle als Mitmenschen und die Gemeinschaft als Urheber sozialer Rollen[1]. Der scheinhaften Selbstdarstellung des Einzelnen entspricht gesellschaftlicher Schein, wie er zum Beispiel in höfischen Festen zum Ausdruck kam[2]. In ihrem Mittelpunkt standen Geburt, Hochzeit, Tod oder auch die Taufe, welche in *Königliche Hoheit* die Wechselwirkung individueller und gesellschaftlicher Selbstdarstellung vor Augen führt:

An diesem Tage also repräsentierte der Prinz zum erstenmal, und daß er im Vordergrunde der Handlung stand, fand Ausdruck schon darin, daß er zuletzt und in Abstand von aller Welt auf dem Schauplatze eintraf. Langsam erschien er, unter Vorantritt des Herrn von Bühl, auf den Armen der Oberhofmeisterin Freifrau von Schulenburg-Tressen, und aller Augen waren auf ihn gerichtet. Er schlief, in seinen Spitzen, seinen Schleifen und seiner weißen Seide. Das eine seiner Händchen war zufällig

---

[1] R. DAHRENDORF, Homo Sociologicus. Ein Versuch zur Geschichte, Bedeutung und Kritik der Kategorie der sozialen Rolle, Opladen 1971 (10). Vgl. dazu und zu dem Folgenden K. LÖWITH, Das Individuum in der Rolle des Mitmenschen, Darmstadt 1969 (Nachdruck der Ausgabe München 1928).

[2] R. ALEWYN / K. SÄLZLE, Das große Welttheater, Hamburg 1959.

verdeckt. Er erfreute, rührte und gefiel ungemein. Mittelpunkt des Ganzen und Gegenstand jeder Aufmerksamkeit, verhielt er sich ruhig, persönlich anspruchslos und naturgemäß noch völlig duldend. Sein Verdienst war, daß er nicht störte, nicht eingriff, nicht widerstand, sondern, zweifellos aus eingeborener Vertrautheit, sich still der Form überließ, die um ihn waltete, ihn trug, ihn heute noch jeder eigenen Anspannung überhob[3].

Die Wechselwirkung individueller und gesellschaftlicher Selbstdarstellung gilt für die höfische und bürgerliche Welt. Insofern bildet die Taufe Hanno Buddenbrooks das Gegenstück der Taufe des Prinzen Klaus Heinrich[4]. Beide werden mit der Taufe in eine Welt des Scheins eingeführt. Den Unterschied bewirkt die Einschätzung des Scheins, und sie bestimmt auch die „leitenden Strukturlinien" in den *Buddenbrooks* und in *Königliche Hoheit*[5]. Werte und Merkmale einer Welt gesellschaftlichen Scheins sind Besitz, Ehre, Rang, Ruhm oder — wie Schopenhauer klassifizierte — „was Einer hat" und „was Einer vorstellt"[6]. Das „Sein", welches er diesen beiden „Gütern" entgegenhält, besteht in dem „was Einer ist", also „die Persönlichkeit, im weitesten Sinne"[7]. Sie stellt ein traditionelles Tugendideal höfischer und bürgerlicher Sittenlehren dar und bezeugt, daß die *Aphorismen zur Lebensweisheit* — wie Schopenhauer einräumt — auf einer „Ackommodation" beruhen, sofern die „Auseinandersetzung" auf dem „gewöhnlichen, empirischen Standpunkte bleibt und dessen Irrthum festhält"[8]. Thomas Mann richtete sein Augenmerk auf den entgegengesetzten „höheren, metaphysisch-

---

[3] Königliche Hoheit 102/38.

[4] Buddenbrooks 101/299 ff.

[5] H. LEHNERT, Thomas Mann — Fiktion, Mythos, Religion, S. 32.

[6] SCHOPENHAUER, Aphorismen zur Lebensweisheit, a.a.O. Bd. V, S. 335.

[7] SCHOPENHAUER, a.a.O. S. 335.

[8] SCHOPENHAUER, a.a.O. S. 333 f.

ethischen Standpunkt"[9] und ging bereits in den *Buddenbrooks* mit transzendentaler Absicht hinter empirische Entgegensetzung von Schein und Sein zurück, als er Thomas Buddenbrook die „trügerischen Erkenntnisformen des Raumes, der Zeit und also der Geschichte" durchschauen[10] und Hanno Buddenbrook die „Durchschauung" — wie Thomas Mann zu formulieren liebte[11] — als „orgiastische Freiheit" in der Kunst erleben ließ[12]. Diese Art „Durchschauung" hat jegliche Beziehung zur Psychologie der Entlarvung von Menschen und Verhältnissen verloren. Sie ist eine Privation des Vermögens transzendentaler Erkenntnis, bei dessen Beschreibung im Schopenhauer-Essay Thomas Mann sich auf Plato und Kant beruft: „Beide erklären die sichtbare Welt für eine Erscheinung, will sagen: für nichtigen Schein, der Bedeutung und Wirklichkeit nur durch das gewinnt, was hindurchscheinend sich darin ausdrückt. Für beide liegt die wahre Wirklichkeit über, hinter, kurz *jenseits* der Erscheinung, und ob sie nun *Idee* oder *Ding an sich* genannt wird, gilt ungefähr gleichviel"[13]. Das mochte aus der Sicht Schopenhauers zutreffen, um dessentwillen Thomas Mann Plato und Kant zitiert. Kants eigene Entgegensetzung von „Erscheinung" und „Ding an sich" schließt die Affinität zu Plato aus und läßt keine Kennzeichnung des „Scheins" als „nichtig" zu. „Nichtigkeit" ist ein Lieblingswort Schopenhauers und eine Konsequenz der Anwendung des „Satzes vom Grund". Darauf bezieht sich auch ein „Gleichniß", welches für die *Buddenbrooks* Bedeutung gewinnt:

---

[9] SCHOPENHAUER, a.a.O. S. 333.

[10] Buddenbrooks 101/500.

[11] Schopenhauer 114/257. Vgl. dazu und zu „durchschauen" H. HAUG, Erkenntnisekel. Zum frühen Werk Thomas Manns, Tübingen 1969, S. 65 ff.

[12] H. KOOPMANN, Die Entwicklung des intellektualen Romans, S. 127 ff. Vgl. dazu Buddenbrooks 101/568 ff.

[13] Schopenhauer 114/257.

Das Leben und die Träume sind Blätter eines und des nämlichen Buches. Das Lesen im Zusammenhang heißt wirkliches Leben. Wann aber die jedesmalige Lesestunde (der Tag) zu Ende und die Erholungszeit gekommen ist, so blättern wir oft noch müßig und schlagen, ohne Ordnung und Zusammenhang, bald hier, bald dort ein Blatt auf: oft ist es ein schon gelesenes, oft ein noch unbekanntes, aber immer aus dem selben Buch. So ein einzeln gelesenes Blatt ist zwar außer Zusammenhang mit der folgerechten Durchlesung: doch steht es hiedurch nicht so gar sehr hinter dieser zurück, wenn man bedenkt, daß auch das Ganze der folgerechten Lektüre eben so aus dem Stegreife anhebt und endigt und sonach nur als ein größeres einzelnes Blatt anzusehn ist[14].

Leben als Traum gilt als Topos, und seiner metaphorischen Kontamination mit dem Lesen liegen ebenfalls Topoi zugrunde[15]. Sie überliefern Erinnerungen an magischen Umgang mit Büchern, und in die Nähe magischer Bereiche gerät Thomas Buddenbrook, wenn er Schopenhauers „Gleichniß" bei der Entdeckung und Lektüre von *Welt als Wille und Vorstellung* lebt. Während einer „Erholungsstunde" hat er das Buch „in einem tiefen Winkel des Bücherschrankes, hinter stattlichen Bänden versteckt, gefunden", und die Lektüre versetzt ihn in einen Zustand, von dem Thomas Mann erzählt:

Er fühlte sein ganzes Wesen auf ungeheuerliche Art geweitet und von einer schweren, dunklen Trunkenheit erfüllt; seinen Sinn umnebelt und vollständig berauscht von irgend etwas unsäglich Neuem, Lockendem und Verheißungsvollem, das an erste, hoffende Liebessehnsucht gemahnte. Aber als er mit kalten und unsicheren Händen das Buch in der Schublade des Gartentisches verwahrte, war sein glühender Kopf, in dem ein seltsamer Druck, eine beängstigende Spannung herrschte, als könnte

---

14 SCHOPENHAUER, Welt als Wille und Vorstellung, Bd. I (§ 5), a.a.O. Bd. II, S. 21.

15 E. R. CURTIUS, Europäische Literatur und lateinisches Mittelalter, Bern und München 1963 (4), S. 306 ff.

irgend etwas darin zerspringen, nicht eines vollkommenen Gedankens fähig[16].

Thomas Mann nennt die Ursache dieses Zustandes später „metaphysischen Zaubertrank"[17] und verweist damit auch auf Übereinstimmungen zwischen Thomas Buddenbrooks Leseerlebnis und Hanno Buddenbrooks musikalischem Rausch. Beide sind — der Medien ungeachtet — ein und derselbe „ästhetische Zustand", in dem „das Wunder geschieht, daß die Erkenntnis sich vom Willen losreißt, das Subjekt aufhört, ein bloß individuelles zu sein und zum reinen, willenlosen Subjekt der Erkenntnis wird"[18]. Schopenhauer betrachtete diesen Zustand als „Stunde der Weihe" oder „Augenblick der Begeisterung", in denen sich der Intellekt „vom Dienste des Willens emancipirt"[19], und er fand mit „emancipiren" das richtige Wort für den Vorgang der Befreiung. Denn in „Emanzipation" wird „Wille" als „ursprüngliche Herrschaft" anerkannt. Für Schopenhauer ist sie sogar unvergänglich und erweist die Emanzipation als punktuell, „da der Wille seine ursprüngliche Herrschaft über den Intellekt stets wieder geltend macht"[20]. Demgemäß mußte Schopenhauer auch Kants transzendentale Kennzeichnung des „schönen Scheins" als „bloßen Spiels" im Sinne der älteren Wortbedeutung von „bloß" als „nichtig" verstehen, und damit wurde hinfällig, daß die „Dichtkunst" — wie Kant betont — mit dem „Schein" insofern nicht „betrüge", als sie „ihre Beschäftigung selbst für bloßes Spiel" erklärt[21]. Als punktuelle und widerrufbare Emanzipation erwies sich jeg-

---

[16] Buddenbrooks 101/497.
[17] Schopenhauer 114/276.
[18] Schopenhauer 114/263.
[19] SCHOPENHAUER, Welt als Wille und Vorstellung, Bd. II (3. Buch, Kapitel 31), a.a.O. Bd. III, S. 434 und 444.
[20] SCHOPENHAUER, a.a.O. S. 438.
[21] KANT, Kritik der Urteilskraft, S. 183 (§ 53).

licher „ästhetische Zustand" als Trug in einem „fortgesetzten Betrug"[22], dessen „Belehrung" Schopenhauer in einer Schicksalsbuch-Allegorie Shakespeares zusammengefaßt fand:

> O, könnte man im Schicksalsbuche lesen,
> Der Zeiten Umwälzung, des Zufalls Hohn
> Darin ersehn, und wie Veränderung
> Bald diesen Trank, bald jenen uns kredenzet, —
> O, wer es säh! und wär's der frohste Jüngling,
> Der, seines Lebens Lauf durchmusternd,
> Das Ueberstandene, das Drohende erblickte, —
> Er schlüg' es zu, und setzt' sich hin, und stürbe[23].

Thomas Buddenbrook hat Welt als *Wille und Vorstellung* als „Schicksalsbuch" gelesen und starb an den Folgen. Er war nicht fähig, Schopenhauers Verhältnisbestimmung von Schein und Sein gleich einem Trug zu durchschauen. Ähnliches gilt für Hanno Buddenbrook oder Adrian Leverkühn. Auch sie erliegen einer Anwendung des „Satzes vom Grund", die zunächst keine andere Wahrheit als die der Möglichkeit der Anwendung des „Satzes vom Grund" für sich hat. Dessen Kritik schränkt die Möglichkeit der Anwendung ein und enthüllt den Schein nicht als Gegensatz, sondern als konstitutives Moment des Seins, von dem Nietzsche schreibt: „Der Schein von Anbeginn wird zuletzt fast immer zum Wesen und *wirkt* als Wesen"[24]. In solcher Vermittlung von Schein und Wesen wiederholte sich die in Genealogien veranschaulichte „Dialektik des Entspringens"[25]. Denn ebenso wie der Grund nicht Herr seiner Folgen ist, kann der Schein „We-

---

[22] SCHOPENHAUER, Welt als Wille und Vorstellung, Bd. II (4. Buch, Kapitel 46), a.a.O. Bd. III, S. 657.

[23] SCHOPENHAUER, a.a.O. 675. Vgl. dazu SHAKESPEARE, König Heinrich IV. II/3.

[24] NIETZSCHE, Die fröhliche Wissenschaft II/78, a.a.O. Bd. II, S. 78.

[25] K. HEINRICH, Die Funktion der Genealogie im Mythos, a.a.O.

sen" vernichten oder neu erschaffen, und in dieser Hinsicht erweist sich in der Tat „als ein moralisches Vorurteil, daß Wahrheit mehr wert ist als Schein"[26]. Die Notwendigkeit, Wahrheit zu denken, bleibt damit unbestritten. Sie wird allerdings von jeglichem Anspruch des Grundes befreit und ausschließlich intentional bestimmt, so wie Nietzsche fragt:

> Warum dürfte die Welt, die uns etwas angeht — nicht eine Fiktion sein? Und wer da fragt: „aber zur Fiktion gehört ein Urheber?" — dürfte dem nicht rund geantwortet werden: Warum? Gehört dieses „Gehört" nicht vielleicht mit zur Fiktion? Ist es denn nicht erlaubt, gegen Subjekt, wie gegen Prädikat und Objekt, nachgerade ein wenig ironisch zu sein? Dürfte sich der Philosoph nicht über die Gläubigkeit an die Grammatik erheben? Alle Achtung vor den Gouvernanten: aber wäre es nicht an der Zeit, daß die Philosophie dem Gouvernanten-Glauben absagte?[27]

Thomas Mann hat Nietzsches Aufforderung ernst genommen. Das bezeugen bereits die *Buddenbrooks*. Die endgültige Absage an „Gouvernanten-Glauben" erfolgte jedoch erst in *Königliche Hoheit,* wo eine „wunderliche" Gräfin auftritt, die zu Ammen und Gouvernanten paßt. Gouvernanten sind Amtsschwestern von Ammen, welche das Kind — wie Schopenhauer formuliert — mit Märchen „beschwichtigen und diese aufstutzen, daß sie Schein gewinnen"[28]. „Gouvernanten-Glauben" geht aus solchen Ammenmärchen hervor und bewahrt deren Magie als Reflexionszwänge. Thomas Mann hat diese Allianz mit einem Beispiel erläutert, welches der Welt der Ammen und Gouvernanten zugehört: mit dem Liebestrank aus *Tristan*

S. 15. Vgl. dazu oben S. 35.

[26] NIETZSCHE, Jenseits von Gut und Böse I/34, a.a.O. Bd. II, S. 599.

[27] NIETZSCHE, a.a.O. S. 600.

[28] SCHOPENHAUER, Welt als Wille und Vorstellung Bd. II (2. Buch, Kapitel 19), a.a.O. Bd. III, S. 243.

und Isolde. Er nennt ihn ein „naiv-episches Zaubermotiv" und behauptet für Wagners Rezeption: „In Wirklichkeit könnte es reines Wasser sein, was die Liebenden trinken, und nur ihr Glaube, den *Tod* getrunken zu haben, löst sie seelisch aus dem Sittengesetze des Tages"[29]. Mit der Absage an Ammenmärchen und „Gouvernanten-Glauben" werden Reflexionszwänge solcher Art gebrochen und sowohl Ammen als auch Gouvernanten überflüssig. Das erklärt die Taten- und Hilflosigkeit der „wunderlichen" Gräfin in *Königliche Hoheit.* Sie ist ihres Amtes verlustig gegangen und richtet dessen überlebte Zwänge zerstörerisch gegen sich, so daß „Weiber", die auf Hans Carstorps Gesichte vorausdeuten, sich nachts auf ihre „Brust setzen" und sie „zwingen", deren „unanständigen Fratzen zuzusehen"[30]. Mit dieser in Ohnmacht verwandelten Macht begegnet sie dem Prinzen Klaus Heinrich und sieht ihn entweder aus „verschwollenen" oder aus „übernächtigen grauen Augen" immer wieder haßerfüllt an[31]. Leicht ließen sich diese Motive psychonalytisch interpretieren und psychoanalytisch überzeugend konstruierten „Konfliktschemata" der Romane Thomas Manns zuordnen[32]. Ihre Funktion würde damit ebenso wie die des Inzestes eingeschränkt, der als Modell der Psychoanalyse die von Thomas Mann intendierte genealogische Auszeichnung seiner Helden nicht erkennen läßt[33]. Infolgedessen kann — bei uneingeschränkter Anerkennung psychoanalytischer Textdeutungen — einer mit Hilfe von Vater- und Mutterbindungen nachgewiesenen Abhängigkeit der Helden deren

---

[29] Leiden und Größe Richard Wagners 114/125.

[30] Königliche Hoheit 102/171. Vgl. dazu oben S. 32.

[31] Königliche Hoheit 102/161 und 171.

[32] P. DETTMERING, Dichtung und Psychoanalyse, München 1969. Vgl. dazu unten S. 63.

[33] Vgl. dazu oben S. 37 und die Titel der Anmerkungen 42 und 43 des Kapitels „Geburt".

intellektuelle Unabhängigkeit entgegengehalten werden, die der Intellektualität eines Mediums entspricht, welches existentielle Scheinhaftigkeit durch ästhetischen Schein zu enthüllen vermag. Darauf beruht die von Thomas Mann für *Königliche Hoheit* angesichts der *Buddenbrooks* als „Fortschritt" reklamierte Geistigkeit[34], und wenn er gleichzeitig dem „Schwanengesang" der Literatur ihre „Prophetie" gegenüberstellt[35], so entspricht dies dem von Nietzsche postulierten „*guten* Willen zum Scheine"[36], dessen transzendentaler Dialektik sich Klaus Heinrich im Gegensatz zu Thomas und Hanno Buddenbrook als „richtiger Held" gewachsen zeigt.

In einer Typologie sterbender Helden hat Petriconi darauf hingewiesen, daß die Protagonisten bürgerlicher Romane aufgrund der Ständeklausel „Helden" genannt werden und ein „richtiger Held" stets Fürst, Ritter oder Heerführer ist, der zwar nicht zu sterben braucht, den der Tod jedoch „unzweifelhaft als Helden ausweist"[37]. Thomas Mann nutzte die Ständeklausel, um zu zeigen, daß sich ein „richtiger Held" dadurch ausweist, daß er überlebt, und während seine bürgerlichen Helden sterben, machen seine Edelleute — dies gilt für den Prinzen Klaus Heinrich, für Joseph, für den „Dichterfürsten" Goethe, für den Erwählten Gregorius und für Felix Krull als Marquis de Venosta — auf dem „Schauplatz dieser Welt" eine äußerst „vornehme Figur"[38]. Sie verstehen sich darauf, „durch

---

[34] Vorwort zu einer amerikanischen Ausgabe von „Königliche Hoheit" 119/312. Vgl. dazu J. SCHARFSCHWERDT, a.a.O. S. 96 ff.

[35] 119/313.

[36] NIETZSCHE, Die fröhliche Wissenschaft II/107, a.a.O. Bd. II, S. 113. Vgl. dazu oben S. 39 und unten S. 53.

[37] H. PETRICONI, Metamorphosen der Träume, S. 115 (Der Tod des Helden, S. 115 ff.).

[38] J. G. WALCH, Philosophisches Lexicon, a.a.O. Sp. 1587. Vgl. dazu oben S. 38.

die Darstellung" ihrer „Person" zu „scheinen" und „Glanz" zu erzeugen[39]. Solche „zur Schau gestellte Lebensführung"[40] kann „bürgerlich" und „höfisch" mißverstanden werden. Aus höfischer Sicht verkennt Albrecht sie, der als Nachfahre melancholischer Fürsten angesichts der Vanitas alles Irdischen „auf der Höhe seines Thrones einsam in die Hände schluchzt"[41]. Das bürgerliche Mißverständnis der „zur Schau gestellten Lebensführung" bekundet Imma Spoelmann, die dem werbenden Prinzen vorwirft:

„Sie sind zum Schein zur Schule gegangen, Sie sind zum Schein auf der Universität gewesen, Sie haben zum Schein als Soldat gedient und tragen noch immer zum Scheine die Uniform; Sie erteilen zum Scheine Audienzen und spielen zum Schein den Schützen und der Himmel weiß, was noch alles; Sie sind zum Schein auf die Welt gekommen, und nun soll ich Ihnen plötzlich glauben, daß es Ihnen mit irgend etwas ernst ist?"[42]

Der Prinz weist diesen Vorwurf zurück, indem er sich auf „Treue zu sich" beruft (233) und diese als Constantia und Möglichkeit der Freiheit verstanden wissen will. Damit erfüllt er ein Ideal des Stoizismus, welches zahlreiche Herrscherfiguren der europäischen Literatur auszeichnet. Die Beherrschung des Scheins kann aber auch mit Nietzsche in Verbindung gebracht werden, und nachdrücklich weist Lehnert auf folgenden Aphorismus der *Morgenröte* hin:

Was bewunderten die Griechen an Odysseus? Vor allem die Fähigkeit zur Lüge und zur listigen und furchtbaren Wieder-

---

[39] GOETHE, Wilhelm Meisters Lehrjahre V/3, a.a.O. Bd. VII, S. 291 f.

[40] Königliche Hoheit 102/93. Vgl. dazu und zu dem Folgenden G. REISS, „Allegorisierung" und moderne Erzählkunst, S. 50 ff. und M. NERLICH, Kunst, Politik und Schelmerei, Frankfurt und Bonn 1969.

[41] Über „Königliche Hoheit" 119/34. Vgl. dazu W. BENJAMIN, Ursprung des deutschen Trauerspiels, a.a.O. Bd. I, S. 261 ff.

[42] Königliche Hoheit 102/232.

vergeltung; den Umständen gewachsen sein; wenn es gilt, edler erscheinen als der Edelste; sein können, was man will; heldenhafte Beharrlichkeit; sich alle Mittel zu Gebote stellen; Geist haben — sein Geist ist die Bewunderung der Götter; sie lächeln, wenn sie daran denken —: dies alles ist griechisches Ideal! Das Merkwürdigste daran ist, daß hier der Gegensatz von Scheinen und Sein gar nicht gefühlt und also auch nicht sittlich angerechnet wird. Gab es je so gründliche Schauspieler![43]

Imma Spoelmann rechnet dem Prinzen den „Gegensatz von Scheinen und Sein" sittlich an und erkennt nicht, daß er aufgrund seiner „darstellerischen Übungen" (89) transzendental zu reflektieren gelernt hat und weit über das höfisch verstandene Ideal des Stoizismus hinausgewachsen ist. „Gewöhnliches Anschauen" verwandelte sich für ihn in „reines Anschauen des Äußern und Innern", von dem Goethe schreibt: „*Gewöhnliches* Anschauen, richtige Einsicht der irdischen Dinge ist ein Erbteil des allgemeinen Menschenverstandes; *reines* Anschauen des Äußern und Innern ist sehr selten"[44]. „Reines Anschauen" hebt den „Gegensatz von Scheinen und Sein" auf, indem es sich seiner reflektierend bemächtigt und dadurch frei weiß. Diese Selbstbefreiung des Denkens ist gleichzeitig dessen Selbstbegründung und bedeutet in transzendentaler Hinsicht: „sein können, *was man will*"[45]. Dessenungeachtet bleibt der Anspruch „irdischer Dinge" bestehen, denn transzendentale Reflexion verwandelt keinen einzigen „möglichen" in einen „wirklichen Taler", und „ein Mensch möchte wohl ebensowenig aus bloßen Ideen an Einsichten reicher werden, als ein Kaufmann an Vermögen, wenn er, um seinen Zustand zu verbessern, seinem Kassenbestande

---

[43] NIETZSCHE, Morgenröte IV/306, a.a.O. Bd. I, S. 1191. Vgl. dazu H. LEHNERT, Thomas Mann — Fiktion, Mythos, Religion, S. 31 f.

[44] GOETHE, Maximen und Reflexionen, a.a.O. Bd. XII, S. 398.

[45] NIETZSCHE, a.a.O. S. 1191.

einige Nullen anhängen wollte"[46]. Der im „reinen Anschauen des Äußern und Innern" geübte Prinz ist arm, während der auf das „gewöhnliche Anschauen" beschränkte Samuel Spoelmann unermeßliche Reichtümer anhäuft, nachdem bereits sein Vater „unablässig die Kunst geübt, mit Geld mehr Geld und endlich überschwenglich viel Geld hervorzubringen" (143). Allerdings geht es — wie im *Josephsroman* hinsichtlich des Goldes und des Weizens — nicht um Geld, wenn in *Königliche Hoheit* immer wieder von Geld die Rede ist. Geld, Gold oder Weizen bezeichnen die Grenzen der Selbstbefreiung und Selbstbegründung des Denkens. Diese bestehen für die „Prosa der Verhältnisse" ebenso wie für die „Poesie des Herzens"[47] und erzeugen einen Antagonismus, der in der Thomas-Mann-Forschung mit Vorliebe als Gegensatz von Kunst und Leben abgehandelt wird[48]. Zu dessen „Repräsentanten" gehört ein Kaufmann aus *Tonio Kröger*, welcher Kassenbeständen die von Kant beschriebenen Nullen anzuhängen liebt und die Gabe besitzt, Novellen zu schreiben:

Er macht von dieser Gabe in seinen Mußestunden Gebrauch, und seine Arbeiten sind manchmal ganz ausgezeichnet. Trotz — ich sage t r o t z — dieser sublimen Veranlagung ist dieser Mann nicht völlig unbescholten; er hat im Gegenteil bereits eine schwere Freiheitsstrafe zu verbüßen gehabt, und zwar aus triftigen Gründen. Ja, es geschah ganz eigentlich erst in der Strafanstalt, daß er seiner Begabung inne wurde, und seine Sträflingserfahrungen bilden das Grundmotiv in allen seinen Produktionen. Man könnte daraus, mit einiger Keckheit, fol-

---

[46] KANT, Kritik der reinen Vernunft, hrsg. von R. Schmidt, Hamburg 1956, S. 572 und 575.

[47] HEGEL, Vorlesungen über die Aesthetik, a.a.O. S. 395. Vgl. dazu oben S. 22.

[48] F. STRICH, Kunst und Leben, Bern und München 1960, S. 159 ff. und TH. C. VAN STOCKUM, Der Künstler und das Leben, in: TH. C. VAN STOCKUM, Von Friedrich Nicolai bis Thomas Mann, Groningen 1962, S. 301 ff.

gern, daß es nötig sei, in irgendeiner Art von Strafanstalt zu Hause zu sein, um zum Dichter zu werden[49].

Solcher Schmähung der Dichtung liegt ein Topos zugrunde, den Thomas Mann von Nietzsche übernimmt, um zu behaupten: „In dem homerischen *Viel ja lügen die Dichter* hat das Wort *lügen* einen anderen, gewaltigeren Sinn als im gemeinen Leben"[50]. Für Thomas Mann resultiert er aus einer Überwindung des Gegensatzes von Kunst und Leben, welche die hermeneutische Analyse der ästhetischen Erfahrung bestätigt, indem sie nachweist, „daß alle Versuche in die Irre gehen, die Seinsart des Ästhetischen von der Wirklichkeitserfahrung her zu denken und als eine Modifikation derselben zu begreifen", denn alle Begriffe „wie Nachahmung, Schein, Entwirklichung, Illusion, Zauber, Traum setzen den Bezug auf ein eigentliches Sein voraus, von dem das ästhetische Sein unterschieden sei"[51]. Insofern lernt Joseph getrost „schöne babylonische Verse auswendig", die „aus einem großen und schriftlich vorliegenden Zusammenhange voll lügenhafter Weisheit stammten"[52], während Felix Krull die Bekenntnisse ausdrücklich um Erkenntnis der Wahrheit willen in einem Gefängnis niederschreibt. Sie ist gemeint, wenn Thomas Mann den Hochstapler darüber nachdenken läßt, welcher „moralische Wert und Sinn" wohl Bekenntnissen zukäme, „die unter einem anderen Gesichtspunkt als demjenigen der Wahrhaftigkeit abgefaßt wären"[53]. Ebenso

---

[49] Tonio Kröger 111/226.

[50] Über Goethe's „Faust" 114/299. Vgl. dazu NIETZSCHE, Die fröhliche Wissenschaft II/84, a.a.O. Bd. II, S. 94, M. BINDSCHEDLER, Nietzsche und die poetische Lüge, Berlin 1966 und E. R. CURTIUS, Europäische Literatur und lateinisches Mittelalter, S. 210 ff.

[51] H.-G. GADAMER, Wahrheit und Methode, S. 79.

[52] Joseph und seine Brüder (Vorspiel) 106/12.

[53] Bekenntnisse des Hochstaplers Felix Krull 110/6.

wie es bei der Erörterung des „Sündenfalls der Seele" nicht auf das „moralische Unterscheidungsvermögen zwischen Gut und Böse", sondern auf „Erkenntnis schlechthin" ankommt[54], geht es nicht um „moralischen Wert und Sinn" der „Wahrhaftigkeit", sondern um ihr Wahrheitsmoment. Dieses besteht für Felix Krull und die übrigen „richtigen Helden" Thomas Manns in einem Willen zur Identität, der als „*guter* Wille zum Scheine"[55] an die Stelle des „Satzes vom Grund" tritt und bezeugt: „Es ist überall nichts in der Welt, ja überhaupt auch außer derselben zu denken möglich, was ohne Einschränkung für gut könnte gehalten werden, als allein ein *guter Wille*[56]. Er erlaubt positive Bestimmungen des Scheins, wie sie Kant in transzendentaler Absicht vorgenommen hatte, um zu „verhüten", daß der Schein „betrüge"[57]. Der Schein erleuchtet und läßt hinter dem von Schopenhauer dämonisierten „Schleier des Truges"[58] den der Dichtung erkennen:

> Aus Morgenduft gewebt und Sonnenklarheit,
> Der Dichtung Schleier aus der Hand der Wahrheit[59].

---

[54] Joseph und seine Brüder (Vorspiel) 106/32. Vgl. dazu oben S. 18.

[55] NIETZSCHE, Die fröhliche Wissenschaft II/107, a.a.O. Bd. II, S. 113. Vgl. dazu oben S. 39.

[56] KANT, Grundlegung zur Metaphysik der Sitten, Gesammelte Schriften, hrsg. von der Preußischen Akademie der Wissenschaften, 1. Abteilung, Bd. IV, Berlin 1911, S. 393.

[57] KANT, Kritik der reinen Vernunft, S. 337.

[58] SCHOPENHAUER, Welt als Wille und Vorstellung, Bd. I (§ 3), a.a.O. Bd. II, S. 9. Vgl. dazu H. WYSLING, Zu Thomas Manns "Maja"-Projekt, in: Thomas-Mann-Studien, Bd. I, S. 38.

[59] GOETHE, Zueignung, Vers 95 f., a.a.O. Bd. I, S. 152.

Erscheinung

Thomas Manns Helden haben Erscheinungen und lieben Gegenstände schönen Scheins:

Die Perlenschnüre, bleich schimmernd auf Spitzendeckchen untereinandergereiht, kirschdick in der Mitte, nach den Seiten sich gleichmäßig verjüngend, mit Diamantverschlüssen am Ende und ganze Vermögen wert; die brillanten Geschmeide, auf Sammet gebettet, hart glitzernd in allen Farben des Regenbogens und würdig, den Hals, den Busen, das Haupt von Königinnen zu schmücken; glattgoldene Zigarettendosen und Stockgriffe, auf Glasplatten verführerisch präsentiert; und, überall nachlässig dazwischengestreut, geschliffene Edelsteine vom herrlichsten Farbenspiel: blutrote Rubine; Smaragde, grasgrün und glasig; Saphire, blaudurchsichtig, die einen sternförmigen Lichtschein entsandten; Amethyste, von denen man sagt, daß sie ihr köstliches Violett einem Gehalte an organischer Substanz verdanken; Perlmutteropale, welche die Farbe wechselten, je nach dem Platz, den ich einnahm; vereinzelte Topase; Phantasiesteine in allen Abstufungen der Farbenskala[1].

Der Zusammenhang dieser „Objekte einer höheren und gebildeten Augenlust" (62) mit Visionen und Gesichten ist eindeutig. Er beruht auf jener „Gabe des Schauens" (63), die sich im *Doktor Faustus* von „Erscheinungen" verleiten läßt, die „elementa" zu „spekulieren" und „sonderbar ins Ungewisse weisende Allusionen" der Natur als „Mitteilungen" aufzufassen: „Zier und Bedeutung liefen stets nebeneinander her, auch die alten Schriften dienten dem Schmuck und zugleich der Mitteilung. Sage mir kei-

[1] Bekenntnisse des Hochstaplers Felix Krull 110/62.

ner, hier werde nicht etwas mitgeteilt"[2]. Allerdings beschränken sich die „Erscheinungen" in Thomas Manns Romanen nicht allein auf „Producte des Kunstfleißes und der Geschicklichkeit jeder Art"[3] sowie auf die „Chiffreschrift", durch welche „die Natur in ihren schönen Formen figürlich zu uns spricht"[4]. Sie betreffen ferner das „Geistersehn und was damit zusammenhängt"[5], zum Beispiel Wahrsagerei, Traumdeutung, Hypnotismus, Telekinese, Hellsehen und Totenbeschwörung. Im *Zauberberg* werden sie unter dem Titel *Fragwürdigstes* behandelt[6], um in einem Bericht über *Okkulte Erlebnisse*, der ebenfalls 1924 erschienen ist, gleichzeitig als „argumentum ad veritatem" zu dienen, wenn es heißt:

Es war Hegel, der gesagt hat, daß die Idee, der Geist als letzte Quelle anzusehen sei, aus der alle Erscheinungen fließen; und diesen Satz zu beweisen ist die supranormale Physiologie vielleicht geschickter als die normale, — ja, sie unternimmt es, den philosophischen Beweis des Primates der Idee, des ideellen Ursprungs alles Wirklichen, neben den biologischen von der Einheit der organischen Substanz zu stellen[7].

Mit Hegel konnte Thomas Mann unmißverständlich behaupten, „was ein Geisterseher, der sich selbst recht verstände und auszudrücken wüßte, behaupten würde"[8]: daß Geister ein Beweis für Geist sind. Der Behauptung entspricht Hegels Verwendung des Wortes „Geister" in der *Phänomenologie des Geistes* und deren Anspielung auf Schillers Verse:

---

[2] Doktor Faustus 109/16 ff.
[3] Lotte in Weimar 103/90.
[4] KANT, Kritik der Urteilskraft, S. 153 (§ 42).
[5] SCHOPENHAUER, Parerga und Paralipomena, Bd. I, a.a.O. Bd. V, S. 239 ff.
[6] Zauberberg 105/691 ff.
[7] Okkulte Erlebnisse 119/86.
[8] SCHOPENHAUER, a.a.O. S. 241.

Freundlos war der große Weltenmeister,
Fühlte M a n g e l — darum schuf er Geister,
Selge Spiegel s e i n e r Seligkeit! —
Fand das höchste Wesen schon kein gleiches,
Aus dem Kelch des ganzen Seelenreiches
Schäumt i h m — die Unendlichkeit[9].

Geister gehören zur Genealogie des Geistes, und ihren Beginn prophezeit die Zigeunerin in *Königliche Hoheit*, wenn sie das „Erscheinen eines Fürsten" ankündigt und „an das Erscheinen dieses Fürsten eine gewisse, sonderbar formulierte Verheißung" knüpft[10]. Dies bestätigt das Amnion, welches an der „Hemmungsbildung" des Prinzen Klaus Heinrich „die Schuld trägt" (22). Als „mechanische Ursache" unterbindet das Amnion die „Lebenswege" der Hand. Als Mitteilung erinnert es an deren Symbolfunktion und an die Amniomantie, die seit der Antike mit Glückszauber in Zusammenhang gebracht wurde[11]. Das Glück, welches dem Prinzen Klaus Heinrich und Thomas Manns übrigen „richtigen Helden"[12] zuteil wird, heißt „Geist" und ist mit einer „Gabe der Lebenserneuerung" gepaart, die erlaubt, das Gelebte „geistverstärkt" noch einmal zu leben: „Die Existenz aufgeben, um zu existieren, das Kunststück will freilich gekonnt sein; gehört mehr dazu als *Charakter*, gehört Geist dazu und die Gabe der Lebenserneuerung aus dem Geist"[13]. Für Thomas

[9] SCHILLER, Die Freundschaft, Vers 55 ff., Sämtliche Werke, hrsg. von G. Fricke und H. G. Göpfert in Verbindung mit H. Stubenrauch, Bd. I, München 1965 (4), S. 93.

[10] Königliche Hoheit 102/26. Vgl. dazu oben S. 38.

[11] BÄCHTOLD-STÄUBLI, Handwörterbuch des deutschen Aberglaubens, Bd. I, Berlin und Leipzig 1927, S. 369 f. Vgl. dazu „Glückshaube", a.a.O. Bd. III, Berlin und Leipzig 1930/31, S. 890 ff. und H. PLOSS, Das Kind in Brauch und Sitte der Völker, Bd. I, Leipzig 1911 (3), S. 54 ff.

[12] Vgl. dazu oben S. 48.

[13] Lotte in Weimar 103/210.

Mann ist sie mit der Wahrheit eines Mediums identisch, dessen „Geist" Kant als „Geist in ästhetischer Bedeutung" beschrieben hat[14]. Sein „Erscheinen" bildet das eigentliche Thema der Romane und erhebt deren Helden zu „Erscheinungen", so wie Goethes „Herniederkunft" einmal „Erscheinen eines Gottes auf Erden" genannt wird[15]. Die Parusie der Wahrheit im ästhetischen Schein ist ernst gemeint. Allerdings unterliegt sie nicht mehr jenen ontologischen Bestimungen, die aus Platos Dialogen in Gustav Aschenbachs „seltsame Traumlogik" eingehen und der Mahnung dienen: „Die Schönheit, Phaidros, merke das wohl, nur die Schönheit ist göttlich und sichtbar zugleich, und so ist sie denn also des Sinnlichen Weg, kleiner Phaidros, der Weg des Künstlers zum Geiste"[16]. Der Tod des Helden bedeutet eine Absage an das ontologische Schema Platos. Insofern „vermittelt" der ästhetische Schein nicht zwischen „Idee und Erscheinung", sondern zwischen „Erscheinungen", in denen ein als Einheit gedachter „intellectus agens" sich selbst gegenübertritt[17]. Thomas Mann konnte ihn mit Kant als „intellectus archetypus" auffassen[18], um dann Goethe zu folgen, der die entsprechende Passage aus der *Kritik der Urteilskraft* ausdrücklich zitiert und dazu bemerkt:

Zwar scheint der Verfasser hier auf einen göttlichen Verstand zu deuten, allein wenn wir ja im Sittlichen, durch Glauben an Gott, Tugend und Unsterblichkeit uns in eine obere Region erheben und an das erste Wesen annähern sollen; so dürft' es wohl im Intellektuellen derselbe Fall sein, daß wir uns, durch das Anschauen einer immer schaffenden Natur, zur geistigen

---

[14] KANT, Kritik der Urteilskraft, S. 167 (§ 49). Vgl. dazu unten S. 71.

[15] Die drei Gewaltigen 115/208.

[16] Der Tod in Venedig 111/397. Vgl. dazu und zu dem Folgenden H.-G. GADAMER, Wahrheit und Methode, S. 455 ff.

[17] H.-G. GADAMER, a.a.O. S. 458.

[18] KANT, Kritik der Urteilskraft, S. 274 (§ 77).

Teilnahme an ihren Produktionen würdig machten. Hatte ich doch erst unbewußt und aus innerem Trieb auf jenes Urbildliche, Typische rastlos gedrungen, war es mir sogar geglückt, eine naturgemäße Darstellung aufzubauen, so konnte mich nunmehr nichts weiter verhindern das Abenteuer der Vernunft, wie es der Alte vom Königsberge selbst nennt, mutig zu bestehen[19].

Thomas Mann unternahm dieses „Abenteuer der Vernunft" in ästhetischer Absicht, und er ließ Goethe „erscheinen", um zu bezeugen, daß in der Dichtung als „absoluter Kunst" die „Sprache lächelnd sich selber anschaut, so auch das Gefühl, der Gedanke, die Leidenschaft"[20]. Im Hinblick darauf erwähnte er Narziß, „der sich entzückt über den Widerschein seiner eigenen Reize neigt" (79) und — wie Mythologie und Dichtung überliefern — im grundlosen Spiegelgrund den Tod findet[21]. In der „formalen und hochintellektuellen Linie der französischen Lyrik", die „über Mallarmé zu Paul Valéry führt"[22], galt er als Tod des Dichters und als Selbstgericht der „poésie pure". Zwischen dieser und „absoluter Kunst"[23] besteht allerdings ein entscheidender Unterschied, und insofern „associiert" Thomas Mann das „liebliche Bild des Knaben" (79) nicht als „Figura" der Selbstvernichtung ästhetischen Scheins, sondern als dessen „Figura" möglicher Selbsterfüllung. Die „poésie pure" — das bestätigt *Der Tod in Venedig* — unterliegt der Anwendung des „Satzes vom Grund", während in „absoluter Kunst" ein „intellectus archetypus" nach Maßgabe „intellektueller Anschauung" tätig ist.

[19] GOETHE, Anschauende Urteilskraft, a.a.O. Bd. XIII, S. 30 f.
[20] Lotte in Weimar 103/79. Zu „absolute Kunst" vgl. a.a.O. S. 59 ff.
[21] L. VIGNE, The Narcissus Theme in Western European Literature up to the Early 19th Century, Lund 1967.
[22] Que pensez-vous de la France? 119/280.
[23] Lotte in Weimar 103/59 ff.

Kant bezeichnete „intellektuelle Anschauung" in der *Kritik der reinen Vernunft* als „besondere Anschauungsart", die „aber nicht die unsrige ist" und „von welcher wir auch die Möglichkeit nicht einsehen können"[24]. Davon ging Schopenhauer aus, als er „die Unterscheidung der Erscheinung vom Dinge an sich" Kants „größtes Verdienst" und demgegenüber Fichtes beziehungsweise Schellings Inthronisation der „intellektuellen Anschauung" eine „Windbeutelei" nannte[25]. An anderen Stellen in *Welt als Wille und Vorstellung* heißt „intellektuelle Anschauung" auch „eine Art Ekstase oder Hellsehn", dessen Beschaffenheit Schopenhauer sich „nicht anders faßlich und vorstellig machen kann, als gerade so, wie den sechsten Sinn der Fledermäuse"[26]. Infolge der Kritik des „Satzes vom Grund", die Kant ebenfalls anbelangt[27], werden solche Einwände hinfällig und alle dualistischen „Unterscheidungen der Erscheinung vom Dinge an sich" (Schopenhauer) überwunden. Für „Geist in ästhetischer Bedeutung" folgt daraus: „Geist, der ästhetisch sich manifestiert, ist gebannt an seinen Ort im Phänomen wie einmal Geister an den sein sollten, wo sie umgehen; wofern er nicht erscheint, sind die Kunstwerke so wenig wie er"[28]. Adorno kann gewiß nicht der Rehabilitierung idealistischen Denkens verdächtigt werden, und darum weist gerade seine „Rettung des Scheins" auf ein phänomenologisch bestimmbares Wahrheitsmoment der „intellektuellen Anschauung" hin: daß der „Schein der Kunstwerke" ihrem „geistigen

---

[24] KANT, Kritik der reinen Vernunft, S. 302.

[25] SCHOPENHAUER, Welt als Wille und Vorstellung, Bd. I (Anhang), Kritik der Kantischen Philosophie, a.a.O. Bd. II, S. 494 ff. Vgl. dazu Schopenhauer 114/251.

[26] SCHOPENHAUER, a.a.O. S. 618 und Welt als Wille und Vorstellung, Bd. II (1. Buch, Kapitel 17), a.a.O. Bd. III, S. 207.

[27] HEIDEGGER, Der Satz vom Grund, S. 123 ff.

[28] ADORNO, Ästhetische Theorie, S. 136.

Wesen" entspringt[29]. Hinsichtlich dieser Dialektik hatte sich Thomas Mann während der Niederschrift des *Doktor Faustus* von Adorno „belehren" lassen, so daß der Tod Adrian Leverkühns dem bei Mallarmé vollzogenen Selbstgericht der „poésie pure" und einem „Opfer bloßen Geistes" gleichkommt (Adorno), „in den alle Wirklichkeit sich gewandelt hat"[30]. Die „absolute Kunst", als deren „Repräsentanten" Thomas Manns richtige Helden „erscheinen", schließt solche Opfer aus und vereitelt sie. Denn ihr „Geist" ist nicht als Substanz, sondern als Medium absolut, welches im *Erwählten* „Geist der Erzählung" genannt wird, „dessen Mittel die Sprache an sich und als solche, die Sprache selbst ist, welche sich als absolut setzt und nicht viel nach Idiomen und sprachlichen Landesgöttern fragt"[31]. So wie „intellektuelle Anschauung" für Schelling in der „ästhetischen Anschauung" objektiv wird[32], spiegelt sich im „Geist der Erzählung" Sprache in Sprache. Allerdings ignoriert Thomas Mann die spekulativen Intentionen Schellings, und sein „Geist der Erzählung" läßt sich auch nicht auf Goethes platonisierende Vorstellungen von den „Manifestationen der Idee" festlegen[33]. Thomas Manns ästhetischer Geistbegriff

---

[29] ADORNO, a.a.O. S. 165. Vgl. dazu H.-G. GADAMER, Wahrheit und Methode, S. 79 ff. und E. BLOCH, Das Prinzip Hoffnung, Gesamtausgabe, Bd. V, Frankfurt 1959, S. 242 ff.

[30] ADORNO, Kierkegaard. Konstruktion des Ästhetischen, Frankfurt 1966 (3), S. 203. Vgl. dazu Die Entstehung des Doktor Faustus 115/130: „Viel belehre ich mich jetzt über Kierkegaard, sonderbarerweise bevor ich mich entschloß, ihn selbst zu lesen. Adorno hatte mir seine bedeutende Arbeit über ihn zugestellt. Ich studiere sie zusammen mit dem glänzenden Essay von Brandes".

[31] Der Erwählte 102/285. Vgl. dazu M. BENSE, Thomas Manns „Geist der Erzählung", a.a.O. S. 39.

[32] SCHELLING, System des transzendentalen Idealismus, hrsg. von W. Schulz, Hamburg 1962 (2), S. 294.

[33] GOETHE, Maximen und Reflexionen, a.a.O. Bd. XII, S. 366.

geht auf Schiller zurück, der in *Lotte in Weimar* mit Goethe eine Symbiose bildet, von der dieser unter dem Titel *Ferneres in bezug auf mein Verhältnis zu Schiller* schrieb: „Selten ist es aber, daß Personen gleichsam die Hälften von einander ausmachen, sich nicht abstoßen, sondern sich anschließen und einander ergänzen"[34]. Mochte Goethe „Ideen haben ohne es zu wissen, und sie sogar mit Augen sehen"[35], Schiller war als „gebildeter Kantianer" (Goethe) in der Lage zu explizieren, „wodurch Erscheinungen Objekte der Vernunft werden und Ideen ausdrücken können"[36]. Bezüglich dieser Fähigkeit und hinsichtlich der Notwendigkeit, transzendental zu reflektieren, stellte Thomas Mann Schiller immer über Goethe, und wenn Goethe die „Undankbarkeit" Schillers „gegen die große Mutter" beklagt[37], so sieht Thomas Mann in der vermeintlichen „Undankbarkeit" eine Absage an den „Satz vom Grund" und ein Bekenntnis zur „Person" als „Wesen", welches *„selbst* Ursache, und zwar absolut letzte Ursache seiner Zustände sein, welches sich nach Gründen, die es aus sich selbst nimmt, verändern kann"[38]. Die Reflexion auf Gründe wird damit jedoch nicht preisgegeben, und insofern bedeutet die Absage an den „Satz vom Grund" gleichzeitig eine Anerkennung der Notwendigkeit, nach Gründen zu fragen. Das ist eine frühe Erkenntnis Thomas Manns. Ihre Vollendung erreicht sie im *Erwählten* und in den *Bekenntnissen des Hochstaplers Felix Krull,* deren Helden die aus der Absage an den „Satz vom Grund" hervorgegangene Dialektik der Selbst-

---

[34] GOETHE, Ferneres in bezug auf mein Verhältnis zu Schiller, a.a.O. Bd. X, S. 543.

[35] GOETHE, Glückliches Ereignis, a.a.O. S. 541.

[36] SCHILLER, Über Anmut und Würde, a.a.O. Bd. V, München 1967 (4), S. 441.

[37] GOETHE, Glückliches Ereignis, a.a.O. Bd. X, S. 539.

[38] SCHILLER, Über Anmut und Würde, a.a.O. S. 444.

begründung zum Gesetz der Selbstbestimmung erheben: „Ich muß fort, denn seit ich weiß, wer ich nicht bin, gilt mir eines nur: die Fahrt nach mir selbst, die Wissenschaft, wer ich bin“[39]. Diese „Wissenschaft“ trägt ein entscheidendes Merkmal der von Hegel konzipierten *Wissenschaft der Erfahrung des Bewußtseyns*[40]. Sie ist Selbstreflexion, die der Erwählte Gregorius vollbringt, um zu erkennen:

> Soll ich meines Lebens Grauen
> Nun in Deiner Klarheit schauen —
> Herr! Wie sehr bewundr' ich sie,
> Deine heilige Alchimie,
> Die des Fleisches Schmach und Leid
> Läutert in die Geistigkeit,
> Daß der Buhlgespons der Sünde
> Höchlichst sich gewürdigt finde,
> Ird'scher Notdurft allerorten
> Öffne Paradieses Pforten[41].

Thematisch und stilistisch kann dieser Preis der „heiligen Alchimie“ als *Faust*-Anspielung gedeutet werden. Sie soll die Botschaft des „Chorus mysticus“ freilich nicht bestätigen, sondern korrigieren. Faust wird „erlöst“[42], während Gregorius sich handelnd und reflektierend selbst befreit, so daß er angesichts seiner mit der eigenen Mutter gezeugten Töchter zu sagen vermag: „Da siehst du, ehrfürchtig Geliebte, und Gott sei dafür gepriesen, daß Satanas nicht allmächtig ist und es nicht so ins Extreme zu treiben vermochte, daß ich irrtümlich auch noch mit diesen in ein Verhältnis geriet und etwa gar Kinder von ihnen hatte, wodurch die Verwandtschaft ein völliger Abgrund

---

[39] Der Erwählte 102/358.

[40] Ursprünglicher Titel von Hegels „Phänomenologie des Geistes“.

[41] Der Erwählte 102/454.

[42] GOETHE, Faust II/11934 ff., a.a.O. Bd. III, S. 359.

geworden wäre. Alles hat seine Grenzen. Die Welt ist endlich"[43].

Der Mutter-Sohn-Inzest bildet latent und manifest ein „Konfliktschema" der Romane Thomas Manns, welches die „Konstruktion" einer Aszendenz der Helden aus psychoanalytischer Sicht bestätigt und dabei den fragmentarischen *Bekenntnissen des Hochstaplers Felix Krull* als „Höhepunkt" des Romanwerks einen „Schein von Endgültigkeit" verleiht: „als sei mit der wiederhergestellten *Gleichheit und Einheit* von Mutter und Sohn, wie sie dem kleinen Herrn Friedemann einst versagt geblieben war, die unabsehbare Problematik zu einem Abschluß gekommen"[44]. Tatsächlich scheint in den *Bekenntnissen des Hochstaplers Felix Krull* eine „unabsehbare Problematik" zu einem Abschluß gekommen zu sein. Allerdings erweist sich dieser Abschluß nicht als endgültiger „Sieg" einer lebenslang abgewehrten Mutter-Imago[45], sondern als Triumph einer „Geistigkeit", die hinter Imagines jeglicher Art zurückgeht und deren Ursprungsort im Geschichtenerzählen entdeckt. Geschichten sind der „Schein von Anbeginn"[46], den der „Geist der Erzählung" als „würdigste Erscheinungsform des Dichterischen" reflektiert:

Vielleicht ist der epische Geist, der ja übrigens das lyrische und dramatische Element mit zu umfassen vermag, so gut wie im Drama auch Epos und Lyrik beschlossen sind, — vielleicht, sage ich, ist der Geist der Erzählung, das Ewig-Homerische, dieser weltweite, weltwissende, kündende Geist der Vergangenheitsschöpfung die verehrungswürdigste Erscheinungsform des

---

[43] Der Erwählte 102/473.

[44] P. DETTMERING, Dichtung und Psychoanalyse, S. 79. Vgl. dazu oben S. 47.

[45] P. DETTMERING, a.a.O. S. 79.

[46] NIETZSCHE, Die fröhliche Wissenschaft II/58, a.a.O. Bd. II, S. 78. Vgl. dazu oben S. 45.

Dichterischen und der Erzähler, dieser raunende Beschwörer des Imperfekts, sein würdevollster Repräsentant[47].

In den *Bekenntnissen des Hochstaplers Felix Krull* deckt dieser „Geist der Erzählung" einen Antagonismus von Erinnerung und Entwurf auf, den auch das Wort „Bekenntnis" anzeigt, welchem ebenso wie dem Adverb „einst"[48] eine Äquivokation zugrunde liegt. Denn „Bekenntnis" kann — als Aussage oder Geständnis — die Enthüllung vergangener Ereignisse und — als Überzeugung oder Zeugnis — die Erwartung zukünftiger bezeichnen. Thomas Mann läßt Felix Krull in der Pose eines „Erinnernden" Geständnisse aufzeichnen:

Indem ich die Feder ergreife, um in völliger Muße und Zurückgezogenheit — gesund übrigens, wenn auch müde, sehr müde (so daß ich wohl nur in kleinen Etappen und unter häufigem Ausruhen werde vorwärtsschreiten können), indem ich mich also anschicke, meine Geständnisse in der sauberen und gefälligen Handschrift, die mir eigen ist, dem geduldigen Papier anzuvertrauen, beschleicht mich das flüchtige Bedenken, ob ich diesem geistigen Unternehmen nach Vorbildung und Schule denn auch gewachsen bin. Allein, da alles, was ich mitzuteilen habe, sich aus meinen eigensten und unmittelbarsten Erfahrungen, Irrtümern und Leidenschaften zusammensetzt und ich also meinen Stoff vollkommen beherrsche, so könnte jener Zweifel höchstens den mir zu Gebote stehenden Takt und Anstand des Ausdrucks betreffen, und in diesen Dingen geben regelmäßige und wohlbeendete Studien nach meiner Meinung weit weniger den Ausschlag, als natürliche Begabung und eine gute Kinderstube[49].

Als „Geständnisse" kommen die Bekenntnisse Felix Krulls jener „Naturwahrheit" nahe, die Rousseaus *Confessions* rechtfertigen soll:

---

[47] Die Kunst des Romans 114/351. Vgl. dazu unten S. 70.
[48] Vgl. dazu oben S. 16.
[49] Bekenntnisse des Hochstaplers Felix Krull 110/5.

Je forme une entreprise qui n'eut jamais d'exemple et dont l'exécution n'aura point d'imitateur. Je veux montrer à mes semblables un homme dans toute la vérité de la nature; et cet homme ce sera moi[50].

In den *Betrachtungen eines Unpolitischen* beruft sich Thomas Mann ausdrücklich auf diese Rechtfertigung der *Confessions* und bemerkt dazu:

Der Wille, den Rousseau im ersten Satz seiner B e k e n n t n i s s e ausdrückt und der zu jener Zeit neu und unerhört schien: e i n e n M e n s c h e n, u n d z w a r s i c h s e l b s t i n s e i n e r g a n z e n N a t u r w a h r h e i t z u z e i g e n, dieser Wille, den Rousseau b i s h e u t e b e i s p i e l l o s nannte und von dem er glaubte, daß seine Ausführung keine Nachahmer finden werde, — ist zur eingefleischten Selbstverständlichkeit, zum geistig-künstlerischen Grund-Ethos des Jahrhunderts geworden, dem ich wesentlich angehöre, des neunzehnten[51].

Der „Selbstverständlichkeit" und ihrer „Naturwahrheit" hält der „Geist der Erzählung" im Hochstapler-Roman die Wahrheit der Dichtung entgegen, indem er die vermeintlichen „Geständnisse" als „Zeugnis" ausweist. Denn die erzählten Geschichten werden nicht „erinnert", sondern „erfunden", und sie erzeugen eine hermeneutische Paradoxie, die Rousseau ohne Absicht andeutet, wenn er schreibt: er „werde" das rekonstruierte Ich sein. Dieser hermeneutischen Paradoxie entspricht der Antagonismus von Erinnerung und Entwurf[52]. Er kann typologisch oder

---

[50] ROUSSEAU, Les Confessions, hrsg. von Ad. van Bever, Bd. I, Paris 1952, S. 9 (Ich nehme eine Sache in Angriff, die bis heute beispiellos dasteht und deren Durchführung keinen Nachahmer finden wird. Ich will meinen Mitmenschen einen Menschen in der ganzen Naturwahrheit zeigen, und dieser Mensch werde ich sein).

[51] Betrachtungen eines Unpolitischen 116/14.

[52] Zu Entwurf vgl. HEIDEGGER, Sein und Zeit, Tübingen 1957 (8), S. 142 ff. (§ 31) und SARTRE, Marxismus und Existenzialismus. Versuch einer Methodik, Reinbek 1964.

dialektisch aufgefaßt werden. Augustin, dessen „Bekenntniswerk“ Thomas Mann mit Vorliebe neben das Rousseaus stellte[53], verstand ihn typologisch und kam zu dem Schluß: „Auch diese meine Kraft, die man Gedächtnis heißt, will ich durchschreiten, will sie durchschreiten, um zu dir zu gelangen, süßes Licht“[54]. Die Dichtung ist solcher Metabasis nicht fähig. Aber sie kennt eine Dialektik, welche Transzendenz als „Wahrheitssinn der Möglichkeit“ zu denken erlaubt, und sie vermag als Medium der Wahrheitsfindung zu fungieren, indem sie die hermeneutischen Strukturen der Konstitution von Zeiterfahrung und Erfahrung der Zeitlichkeit enthüllt. Darum kann Thomas Mann Goethes Laufbahn als Schriftsteller einem Gesetz unterstellen, welches Leben und Tod betrifft und sich auf den Widerstreit von Geist und Buchstabe zurückführen läßt:

Der 22. März 1832 war gekommen. In seinem Lehnstuhl, ein Oberbett über den Knien, den grünen Arbeitsschirm über den Augen, starb Goethe. Die Qualen und Ängste, die dem Tode oft in einigem Abstande vorangehen, waren vorüber, er litt nicht mehr, er hatte schon ausgelitten, und da man ihm auf seine Frage nach dem Datum den 22. genannt hatte, erwiderte er, so habe denn der Frühling begonnen und um so eher könne man sich erholen. Danach hob er die Hand und schrieb Zeichen in die Luft. Die Hand rückte seitwärts dabei und sank tiefer, er schrieb wirklich, zeilenweise untereinander, und sein Arm ging nieder, gewiß nicht nur, weil oben kein Platz mehr für diese Geisterschrift gewesen wäre, sondern aus Schwäche. Er lag auf dem Deckbett schließlich, und dort schrieb er weiter. Wie es schien, war es zu wiederholten Malen dasselbe, was der Sterbende unsichtbar aufzeichnete, man sah, daß er genaue Interpunktionszeichen setzte, und glaubte einen und den ande-

---

[53] Anna Karenina 114/368. Vgl. dazu Vorwort zu dem Roman eines Jungverstorbenen 113/82, Erziehung und Bekenntnis 113/139 und Ein Schriftstellerleben 120/76.

[54] AUGUSTINUS, Bekenntnisse, übertragen von W. Thimme, Zürich und Stuttgart 1950, S. 266 (10. Buch).

ren Buchstaben zu erkennen. Dann fingen die Finger an, blau zu werden, sie kamen zum Stillstand, und als man ihm den Schirm von den Augen nahm, waren sie schon gebrochen.
Goethe starb schreibend. Er tat in letzten, verschwimmenden Träumen seines Bewußtseins, was er mit eigener Hand in seiner schönen, klaren, reinlichen Schrift, oder diktierend sein Leben lang getan hatte: er schrieb auf, er übte diese Tätigkeit, die das Feste zu Geist zerrinnen läßt und das Geisterzeugte fest bewahrt[55].

---

[55] Goethe's Laufbahn als Schriftsteller 114/89 f.

Schluß

Geist und Buchstabe

Die Wirkungsgeschichte der hermeneutischen Formel „Geist und Buchstabe" ist weitläufig und „eingebettet in eine Fülle gleichsinniger Antithesen: des Fleischlichen und Geistlichen, des Sichtbaren und Unsichtbaren, des Sinnlichen und Intelligiblen, des Scheinenden und des Verborgenen, des Äußerlichen und Inneren, des Niederen und Höheren, des Menschlichen und Göttlichen, des Irdischen und Himmlischen, des Zeitlichen und Ewigen, des Vorhandenen und des Zukünftigen, der Unwahrheit und der Wahrheit"[1]. Mit den „gleichsinnigen Antithesen" findet sich die traditionelle hermeneutische Formel im Werk Thomas Manns, und sie vermag sogar dessen „Satz und Position" zu kennzeichnen, so wie Thomas Mann einmal im Hinblick auf Lessing zitierte „der Buchstab ist nicht der Geist" und dazu bemerkte: „Das ist Lessings Satz und

[1] G. EBELING, Luther, Tübingen 1964, S. 112. Vgl. dazu G. EBELING, Geist und Buchstabe, in: RGG, Bd. II, Tübingen 1958 (3), Sp. 1290 ff. und H. NÜSSE, Die Sprachtheorie Friedrich Schlegels, Heidelberg 1962, S. 88 ff.

Position, eine lutherisch-überlutherische Position, die Fortsetzung Luthers über Schrift und Buchstaben hinaus, und er mochte wohl zu verstehen geben, daß sie nicht weniger als die Rettung des Geistes und der Religion bedeute, da denn der Buchstabe nicht zu retten sei"[2]. Die traditionelle hermeneutische Formel verbindet Thomas Mann aber auch mit Kant, mit Fichte sowie mit Schiller, der nach der Lektüre von Fichtes Briefen *Ueber Geist und Buchstab in der Philosophie* an diesen schrieb: „Ich sehe also in der That nicht ab, wie Sie ohne einen *Salto mortale* von dem einen zu dem andern übergehen können"[3]. Thomas Mann stellte sich das Problem des „Übergangs" zunächst einmal als Problem der Mimesis, als „Interpretation des Wirklichen durch literarische Darstellung"[4]. Dabei konnte „Buchstabe" — in Analogie zu der bekannten Gleichsetzung von Litteralsinn und „Historia"[5] — geschichtliche Wirklichkeit heißen, deren Ereignisse „erzählt" werden. Zahlreiche Interpreten seiner Romane haben sich mit dieser geschichtlichen Wirklichkeit auseinandergesetzt und Thomas Mann als Chronisten eines bürgerlichen Zeitalters aufgefaßt[6]. Dies erscheint durchaus legitim, wenngleich dabei weitgehend vergessen wurde, daß der Dichter „Erfinder" ist (Aristoles) und dementsprechend gilt: „Auch wenn es sich trifft, daß er über wirklich

---

[2] Rede über Lessing 113/364. Vgl. dazu LESSING, Axiomata, wenn es deren in dergleichen Dingen gibt, Gesammelte Werke, hrsg. von P. Rilla, Bd. VIII, Berlin 1956, S. 173.

[3] Schiller an Fichte, am 24. Juni 1795. Schillers Briefe, hrsg. von F. Jonas, Bd. IV, Stuttgart usw. o. J., S. 195.

[4] E. AUERBACH, Mimesis, S. 515.

[5] H. LAUSBERG, Handbuch der literarischen Rhetorik, S. 445.

[6] G. LUKÁCS, Thomas Mann, Berlin 1949, H. MAYER, Thomas Mann, Berlin 1950 und I. DIERSEN, Untersuchungen zu Thomas Mann, Berlin 1959.

Geschehenes dichtet, ist er darum nicht weniger Dichter"[7]. Der Dichter erforscht, „was geschehen könnte"[8], und er bedient sich dabei eines Erinnerungsvermögens, welches als „verewigendes Gedächtnis" den „Romancier" auszeichnet[9], der „Gedächtnis" nicht nach dem „Buchstaben", sondern nach dem „Geist" versteht[10] und erlebte Geschichte in „freie, schöne Geschichtlichkeit" verwandelt"[11]. Thomas Mann hat sich von den *Buddenbrooks* an zum „Geist" bekannt, und wenn er „über wirklich Geschehenes dichtet" (Aristoteles), so geschieht dies in der Absicht, „alles Geistige, Lebendige, Gegenwärtige" zu befreien, „das vom Buchstaben, von der Historie erschlagen werden soll"[12]. Aufgrund einer solchen Verhältnisbestimmung von „Geist" und „Buchstabe" hat Thomas Mann eine Beziehung zu Luther, die der „Zerrspiegel" verdeckt, in welchem er gesammelt haben soll, „was im letzten Jahrhundert an Kritik über Luther geäußert worden war"[13]. Sie betrifft Luther als „Sprachereignis"[14] und eine Antizipation der Geschichtlichkeit des Verstehens, die Luther aus „Geist und Buchstabe" abgeleitet hat: „Für jeden, der unterwegs ist, ist das, was er hinter sich dem Vergessen überläßt, Buchstabe, und das, wohin er sich nach vorn ausstreckt, ist ihm Geist. Denn immer ist das, was man schon besitzt, Buchstabe im Verhältnis zu dem, was es zu er-

---

[7] ARISTOTELES, Poetik, S. 37. Vgl. dazu und zu dem Folgenden oben S. 15.

[8] Aristoteles, a.a.O. S. 36.

[9] W. BENJAMIN, Der Erzähler, a.a.O., Bd. II, S. 246.

[10] E. R. CURTIUS, Europäische Literatur und lateinisches Mittelalter, S. 398 f.

[11] HEGEL, Vorlesungen über die Geschichte der Philosophie, a.a.O. Bd. XVII, Stuttgart-Bad Canstatt 1965 (4), S. 190.

[12] Rede über Lessing 113/366.

[13] H. BORNKAMM, Luther im Spiegel der deutschen Geistesgeschichte, Göttingen 1968 (2), S. 140.

[14] G. EBELING, Luther, S. 1 ff.

werben gilt"[15]. Allerdings unterscheiden sich Thomas Mann und Luther in der Einschätzung dessen, „was es zu erwerben gilt", und demzufolge bleibt von Luthers typologisch gedachtem Verhältnis zwischen „Geist" und „Buchstabe" eine hermeneutische Struktur übrig, deren Bedeutung — wie die aller hermeneutischen Reflexion — darin besteht, „Erkenntnischancen offenzulegen, die ohne sie nicht wahrgenommen würden"[16]. Zu den „Erkenntnischancen", die ohne hermeneutische Reflexion nicht wahrgenommen werden, gehört auch die Literatur als „schöne Kunst", welche „mit der Sprache, als bloßem Buchstaben, Geist verbindet"[17]. Aber — so fragt Kant, um seine Behauptung zu rechtfertigen: „was ist denn das, was man hier unter Geist versteht?"[18] Die Antwort lautet: „Vermögen der Darstellung ästhetischer Ideen", und sie erläutert hinsichtlich der „Sprache als bloßem Buchstaben" die Differenz zwischen „bestimmten Gedanken" und „Vorstellungen der Einbildungskraft", die „keine Sprache völlig erreicht und verständlich machen kann"[19]. Dieser Differenz zufolge unterschied Schiller in der Auseinandersetzung mit Fichte zwischen „Geist und Buchstab in der Philosophie" und „Geist als ästhetischer Eigenschaft"[20]. Fichte beharrte jedoch darauf, daß „Geist in der Philosophie" und „Geist in der schönen Kunst" verwandt

---

[15] LUTHER, Psalmenscholien 1513/15, Werke, hrsg. von E. Vogelsang, Bd. V, Berlin 1963 (3), S. 204. Übersetzung nach G. EBELING, Luther, S. 108.

[16] H.-G. GADAMER, Replik, in: Hermeneutik und Ideologiekritik, Frankfurt 1971, S. 300.

[17] KANT, Kritik der Urteilskraft, S. 171 (§ 49). Vgl. dazu oben S. 57.

[18] KANT, a.a.O. S. 167 (§ 49).

[19] KANT, a.a.O. S. 167 ff.

[20] Schiller an Fichte, am 24. Juni 1795. Schillers Briefe, a.a.O. S. 195.

seien[21], und die hermeneutische Kritik der Abstraktion des ästhetischen Bewußtseins hat ihm recht gegeben[22]. Die Wahrheit der Dichtung besteht zunächst einmal — jenseits des Widerstreites von Philosophie und Poesie[23] — in Erkenntnissen, die philosophische Reflexion nicht zu gewinnen vermochte, und zahlreiche Dichter haben Erfahrungen ausgesprochen, die Denkern versagt blieben. Infolgedessen konnten beide zu „Weisen" erhoben werden „zugleich Lehrer, Wahrsager, Freund der Götter und der Menschen"[24]. Freilich haben sich die Denker die Wahrheiten der Dichtung zunutze gemacht und schließlich in philosophischer Reflexion überboten. Dies erklärt das Selbstbewußtsein begrifflicher Erkenntnis und die Behauptung: „Der Gedanke und die Reflexion hat die schöne Kunst überflügelt"[25]. In ihrem Gefolge tritt neben den traditionellen Widerstreit zwischen Philosophie und Poesie derjenige zwischen technischer und literarischer Intelligenz[26]. Für seinen Verlauf kommt es weniger auf partikulare Wahrheiten der Dichtung als vielmehr auf die Erkenntnisleistung des Mediums Poesie an. Ihr galt Thomas Manns Interesse, und wenn seinem Verhältnis zu Schiller aufgrund archivalischer Befunde „kaum eine wesentliche Bedeutung" beigemessen wird[27], so erscheint dies als „Deutung nach dem Buchstaben" (Fichte). Der „Geist" der

---

[21] Fichte an Schiller, am 27. Juni 1795. Schillers und Fichtes Briefwechsel, hrsg. von J. H. Fichte, Berlin 1847, S. 35.

[22] H.-G. GADAMER, Wahrheit und Methode, S. 84 ff.

[23] E. R. CURTIUS, Europäische Literatur und lateinisches Mittelalter, S. 210 ff.

[24] GOETHE, Wilhelm Meisters Lehrjahre II/2, a.a.O. Bd. VII, S. 83. Vgl. dazu E. R. CURTIUS, a.a.O. S. 210.

[25] HEGEL, Vorlesungen über die Aesthetik, a.a.O. Bd. XII, S. 30 f.

[26] Literarische und naturwissenschaftliche Intelligenz. Dialog über die „zwei Kulturen", hrsg. von H. Kreuzer, Stuttgart 1969.

[27] H.-J. SANDBERG, Thomas Manns Schiller-Studien, Oslo 1965, S. 143.

„Kunstproducte"[28] verbindet Thomas Mann mit Schiller und läßt erkennen, daß er den von Kant aus transzendentalen Gründen unmöglich erachteten „Übergang" von der Schönheit zur Sittlichkeit[29] mit Schiller zu vollziehen trachtete und in Schillers und eigener Sache schreiben konnte: „Hüten wir uns nur, solche Vorsätze schwächlich-ästhetizistisch zu nennen, zu meinen, sie hätten irgend etwas zu tun mit dem, was heute *escapism* heißt"[30]. Dessenungeachtet bleibt ein Einwand gültig, den schon Fichte erhob:

> Die Idee, durch ästhetische Erziehung die Menschen zur Würdigkeit der Freiheit, und mit ihr zur Freiheit selbst zu erheben, führt uns in einem Kreise herum, wenn wir nicht vorher ein Mittel finden, in Einzelnen von der großen Menge den Muth zu erwecken, Niemandes Herren und Niemandes Knechte zu seyn[31].

Thomas Mann fand dieses „Mittel" in öffentlicher Rede, die das „Politische", welches seiner Meinung nach in jeder „geistigen Haltung" latent vorhanden ist[32], als „Gesellschaftskritik" manifest werden ließ[33]. Deren Kategorien und Postulate sind die der „bürgerlichen Gesellschaft", und wenn sie einen Vergleich mit Sartre nahelegen[34], so betrifft dieser vor allem den Anspruch, als Einzelner „Be-

---

[28] Fichte an Schiller, am 27. Juni 1795, a.a.O. S. 37.

[29] KANT, Kritik der Urteilskraft, S. 211 ff. (§ 59).

[30] Versuch über Schiller 115/372. Vgl. dazu F. STRICH, Schiller und Thomas Mann, in: F. STRICH, Kunst und Leben, S. 169 ff.

[31] FICHTE, Ueber Geist und Buchstab in der Philosophie, Sämmtliche Werke, hrsg. von J. H. Fichte, Bd. VIII, Berlin 1846, S. 287.

[32] Die Stellung Freuds in der modernen Geistesgeschichte 113/375.

[33] A. ANDERSCH, Thomas Mann als Politiker, in: A. ANDERSCH, Die Blindheit des Kunstwerks und andere Aufsätze, Frankfurt 1965, S. 41 ff.

[34] H. MAYER, Thomas Mann. Zur politischen Entwicklung eines Unpolitischen, in: H. MAYER, Der Repräsentant und der Märtyrer, Frankfurt 1971, S. 65 ff. (Vergleich mit Sartre S. 86 ff.).

sonderes" und „Allgemeines" reflektierend und handelnd zu vermitteln[35]. Thomas Mann identifizierte sich hinsichtlich dieses Anspruchs mit den „bürgerlichen Helden" einer bürgerlichen Romantradition, deren „Geistigkeit" gleich einer Kunst zum Rätsel wird, welche „Geist in ästhetischer Bedeutung" zu sein begehrte:

Kunst wird zum Rätsel, weil sie erscheint, als hätte sie gelöst, was am Dasein Rätsel ist, während am bloß Seienden das Rätsel vergessen ward durch seine eigene, überwältigende Verhärtung. Je dichter die Menschen, was anders ist als der subjektive Geist, mit dem kategorialen Netz übersponnen haben, desto gründlicher haben sie das Staunen über jenes Andere sich abgewöhnt, mit steigender Vertrautheit ums Fremde sich betrogen. Kunst sucht, schwach, wie mit rasch ermüdender Gebärde, das wiedergutzumachen. A priori bringt sie die Menschen zum Staunen, so wie vor Zeiten Platon von der Philosophie es verlangte, die fürs Gegenteil sich entschied[36].

---

[35] SARTRE, Marxismus und Existenzialismus. Versuch einer Methodik, Reinbek 1964.
[36] ADORNO, Ästhetische Theorie, S. 191.

Literaturverzeichnis

Das Verzeichnis enthält nur die zitierte Literatur.

Thomas Mann wird nach der in der Fischer-Bücherei erschienenen zwanzigbändigen Ausgabe (Moderne Klassiker, Frankfurt und Hamburg 1967/68) zitiert, indem Band- und Seitenzahlen und zur Orientierung in anderen Ausgaben die Titel der zitierten Texte angegeben werden. Als Einführung in die Thomas-Forschung empfiehlt sich: H. LEHNERT, Thomas-Mann-Forschung. Ein Bericht, Stuttgart 1969 und als grundlegende Studie, auf die im Einzelnen nicht ausdrücklich verwiesen wird, F. KAUFMANN, Thomas Mann. The World as Will and Representation, Boston 1957.

ADORNO: Kierkegaard. Konstruktion des Ästhetischen, Frankfurt 1966 (3)
Ästhetische Theorie, hrsg. von G. Adorno und R. Tiedemann, Gesammelte Schriften, Bd. VII, Frankfurt 1970

ALEWYN/SÄLZLE: Das große Welttheater, Hamburg 1959

ANDERSCH, A.: Die Blindheit des Kunstwerks und andere Aufsätze, Frankfurt 1965

ANTHOLOGIA GRAECA: Hrsg. von H. Beckby, Bd. I—IV, München 1957—58

ARISTOTELES: Poetik, übertragen von O. Gigon, Stuttgart 1969

ARNTZEN, H.: Die ernste Komödie, München 1968

AUERBACH, E.: Figura, Neue Dantestudien, Istanbul 1944
Mimesis, Bern und München 1964 (3)

AUGUSTINUS: Bekenntnisse, übertragen von W. Thimme, Zürich und Stuttgart 1950

BÄCHTOLD-STÄUBLI: Handwörterbuch des deutschen Aberglaubens, Bd. I—X, Berlin und Leipzig 1927—1942

BENJAMIN, W.: Schriften, hrsg. von Th. W. und G. Adorno, Bd. I und II, Frankfurt 1955

BENSE, M.: Rationalismus und Sensibilität, Krefeld und Baden-Baden 1956

BERGER, W. R.: Die mythologischen Motive in Thomas Manns Roman „Joseph und seine Brüder", Köln und Wien 1971

BINDSCHEDLER, M.: Nietzsche und die poetische Lüge, Berlin 1966

BLOCH, E.: Das Prinzip Hoffnung, Gesamtausgabe, Bd. V, Frankfurt 1959

BLUMENBERG, H.: Wirklichkeitsbegriff und Wirkungspotential des Mythos, in: Terror und Spiel. Probleme der Mythenrezeption, hrsg. von M. Fuhrmann, München 1971 (Poetik und Hermeneutik IV)

BÖCKMANN, P.: Der Widerstreit von Geist und Leben und seine ironische Vermittlung in den Romanen Thomas Manns, in: Ironie und Dichtung, hrsg. von A. Schaefer, München 1970

BORNKAMM, H.: Luther im Spiegel der deutschen Geistesgeschichte, Göttingen 1968 (2)

BRANDT, A. VON: Werkzeug des Historikers, Stuttgart usw. 1969 (5)

BULTMANN, R.: Ursprung und Sinn der Typologie als hermeneutischer Methode, in: Theologische Literaturzeitung 75 (1950)

CURTIUS, E. R.: Europäische Literatur und lateinisches Mittelalter, Bern und München 1963 (4)

DAHRENDORF, R.: Homo Sociologicus. Ein Versuch zur Geschichte, Bedeutung und Kritik der Kategorie der sozialen Rolle, Opladen 1971 (10)

DETTMERING, P.: Dichtung und Psychoanalyse, München 1969

DIERSEN, I.: Untersuchungen zu Thomas Mann, Berlin 1959

DILTHEY: Der Aufbau der geschichtlichen Welt in den Geisteswissenschaften, Gesammelte Schriften, Bd. VII, Göttingen 1968 (5)

EBELING, G.: Geist und Buchstabe, in: Die Religion in Geschichte und Gegenwart, Bd. II, Tübingen 1958 (3)
Luther, Tübingen 1964

FICHTE: Ueber Geist und Buchstab in der Philosophie, Sämmtliche Werke, hrsg. von J. H. Fichte, Bd. VIII, Berlin 1846
Schillers und Fichtes Briefwechsel, hrsg. von J. H. Fichte, Berlin 1847

GADAMER, H.-G.: Wahrheit und Methode, Tübingen 1960
Replik, in: Ideologiekritik und Hermeneutik, Frankfurt 1971 (Theorie-Diskussion)

GOETHE: Sämtliche Werke, hrsg. von E. Trunz, Bd. I—XIV, Hamburg 1949 ff.

GOLDMANN, L.: Soziologie des Romans, Neuwied 1970

GOPPELT, L.: Typos, Darmstadt 1969 (Wissenschaftliche Buchgesellschaft, Nachdruck der Ausgabe Gütersloh 1939)

GRIMM, J.: Deutsche Mythologie, Göttingen 1935

HAMBURGER, K.: Der Humor bei Thomas Mann, München 1969 (2)

HAUG, H.: Erkenntnisekel. Zum frühen Werk Thomas Manns, Tübingen 1969

HEGEL: Sämtliche Werke, hrsg. von H. Glockner, Bd. I—XX, Stuttgart-Bad Canstatt 1961—1968 (4)
Phänomenologie des Geistes, hrsg. von J. Hoffmeister, Hamburg 1952 (6)
Grundlinien der Philosophie des Rechts, hrsg. von J. Hoffmeister, Hamburg 1955 (4)

HEIDEGGER: Vom Wesen des Grundes, Frankfurt 1955 (4)
Der Satz vom Grund, Pfullingen 1957
Sein und Zeit, Tübingen 1957 (8)

HEINRICH, K.: Parmenides und Jona, Frankfurt 1966

JENS, W.: statt einer literaturgeschichte, Pfullingen 1962 (5)

JOLLES, A.: Einfache Formen, Tübingen 1968 (4)

JONAS, H.: Gnosis und spätantiker Geist, Erster Teil, Die mythologische Gnosis, Göttingen 1964 (3)

KANT: Grundlegung zur Metaphysik der Sitten, Gesammelte Schriften, hrsg. von der Preußischen Akademie der Wissenschaften, 1. Abteilung, Bd. IV, Berlin 1911
Kritik der reinen Vernunft, hrsg. von R. Schmidt, Hamburg 1956
Kritik der Urteilskraft, hrsg. von K. Vorländer, Hamburg 1959

KAUFMANN, F.: Thomas Mann. The World as Will and Representation, Boston 1957

KERÉNYI-MANN: Gespräch in Briefen, Zürich 1960

KOOPMANN, H.: Die Entwicklung des intellektualen Romans.

Untersuchungen zur Struktur von Buddenbrooks, Königliche Hoheit und Der Zauberberg, Bonn 1962
Thomas Mann, in: Deutsche Dichter der Moderne, hrsg. von B. von Wiese, Berlin 1965
Thomas Mann. Theorie und Praxis der epischen Ironie, in: Deutsche Romantheorien, hrsg. von R. Grimm, Frankfurt und Bonn 1968

KREUZER, H.: Literarische und naturwissenschaftliche Intelligenz. Dialog über die „zwei Kulturen", hrsg. von H. Kreuzer, Stuttgart 1969

LÄMMERT, E.: Thomas Mann, Buddenbrooks, in: Der deutsche Roman, hrsg. von B. von Wiese, Bd. II, Düsseldorf 1965

LAUSBERG, H.: Handbuch der literarischen Rhetorik, München 1960

LEHNERT, H.: Thomas Mann — Fiktion, Mythos, Religion, Stuttgart usw. 1968 (2)
Thomas-Mann-Forschung. Ein Bericht, Stuttgart 1969

LESSING: Axiomata, wenn es deren in dergleichen Dingen gibt, Gesammelte Werke, hrsg. von P. Rilla, Bd. VIII, Berlin 1956

LÖWITH, K.: Das Individuum in der Rolle des Mitmenschen, Darmstadt 1969 (Nachdruck der Ausgabe München 1928)

LUKÁCS, G.: Thomas Mann, Berlin 1949
Theorie des Romans, Neuwied 1963 (2)

LUTHER: Psalmenscholien 1513/15, Werke, hrsg. von E. Vogelsang, Bd. V, Berlin 1963 (3)

MÄHL, H.-J.: Die Idee des goldenen Zeitalters im Werk des Novalis, Heidelberg 1965

MANN, TH.: Gespräch in Briefen, Zürich 1960
Briefe 1889—1936, hrsg. von E. Mann, Frankfurt 1962
Werke, Bd. I—XX, Frankfurt und Hamburg 1967—1968

MAYER, H.: Thomas Mann, Berlin 1950
Der Repräsentant und der Märtyrer, Frankfurt 1971

NERLICH, M.: Kunst, Politik und Schelmerei. Die Rückkehr des Künstlers und des Intellektuellen in die Gesellschaft des zwanzigsten Jahrhunderts dargestellt an Werken von Charles des Coster, Romain Rolland, André Gide, Heinrich Mann und Thomas Mann, Frankfurt und Bonn 1969

NIETZSCHE: Werke in drei Bänden, hrsg. von K. Schlechta, München 1960 (2)

NOVALIS: Werke, Briefe, Dokumente, hrsg. von E. Wasmuth, Bd. I—IV, Heidelberg 1953—1957

NÜSSE, H.: Die Sprachtheorie Friedrich Schlegels, Heidelberg 1962

PETRICONI, H.: Das Reich des Untergangs. Bemerkungen über ein mythologisches Thema, Hamburg 1958
Metamorphosen der Träume, Frankfurt 1971

PHILIPPSON, P.: Genealogie als mythische Form. Studien zur Theogonie des Hesiod, Oslo 1936

PLESSNER, H.: Der kategorische Konjunktiv, in: Verstehen und Vertrauen, Festschrift für O. F. Bollnow, Stuttgart usw. 1968

PLOSS, H.: Das Kind in Brauch und Sitte der Völker, Bd. I, Leipzig 1911 (3)

RANK, O.: Der Mythus von der Geburt des Helden, Leipzig und Wien 1909
Das Inzestmotiv in Dichtung und Sage, Leipzig und Wien 1912

REINHARDT, K.: Die Krise des Helden, München 1962

REISS, G.: Sündenfall-Modell und Romanform. Zur Integration von Kleists Marionettentheater-Thematik im Werk Thomas Manns, in: Jahrbuch der deutschen Schillergesellschaft 13 (1969)
„Allegorisierung" und moderne Erzählkunst. Eine Studie zum Werk Thomas Manns, München 1970

ROHRMOSER, G.: Literatur und Gesellschaft. Zur Theorie des Romans in der modernen Welt, in: Deutsche Romantheorien, hrsg. von R. Grimm, Frankfurt und Bonn 1968

ROUSSEAU: Les Confessions, hrsg. von Ad. van Bever, Bd. I—III, Paris 1952

SANDBERG, H.-J.: Thomas Manns Schiller-Studien, Oslo 1965

SARTRE: Was ist Literatur?, Hamburg 1958
Marxismus und Existenzialismus. Versuch einer Methodik, Reinbek 1964

SCHARFSCHWERDT, J.: Thomas Mann und der deutsche Bildungsroman, Stuttgart usw. 1967

SCHELLING: System des transzendentalen Idealismus, hrsg. von W. Schulz, Hamburg 1962 (2)

SCHERRER, P.: Bruchstücke der Buddenbrooks-Urhandschrift und Zeugnisse zu ihrer Entstehung 1897—1901, in: Die neue Rundschau 1958

Aus Thomas Manns Vorarbeiten zu den „Buddenbrooks", in: Thomas-Mann-Studien, Bd. I, Bern und München 1967

SCHILLER: Briefe, hrsg. von F. Jonas, Bd. IV, Stuttgart usw. o.J.

Sämtliche Werke, hrsg. von G. Fricke und H. G. Göpfert in Verbindung mit H. Stubenrauch, Bd. I—V, München 1965—1967 (4)

SCHOPENHAUER: Sämtliche Werke, hrsg. von A. Hübscher, Bd. I—VII, Wiesbaden 1948—1966 (2)

SCHRAMM, T.: Joseph-Christus-Typologie in Thomas Manns Josephsroman, in: Antike und Abendland XIV (1968)

SCHWERTE, H.: Faust und das Faustische. Ein Kapitel deutscher Ideologie, Stuttgart 1962

SOLGER: Nachgelassene Schriften und Briefwechsel, hrsg. von L. Tieck und F. von Raumer, Bd. I, Leipzig 1826

STRICH, F.: Kunst und Leben, Bern und München 1960

VAN STOCKUM, TH. C.: Von Friedrich Nicolai bis Thomas Mann, Groningen 1962

VIGNE, L.: The Narcissus Theme in Western European Literature up to the Early 19th Century, Lund 1967

WALCH, J. G.: Philosophisches Lexicon, Bd. I, Hildesheim 1968 (Nachdruck der 4. Auflage Leipzig 1775)

WESTERMANN, C.: Probleme alttestamentlicher Hermeneutik, hrsg. von C. Westermann, München 1968

WYSLING, H.: Die Fragmente zur „Fürsten-Novelle", in: Thomas-Mann-Studien, Bd. I, Bern und München 1967

Zu Thomas Manns „Maja"-Projekt, in: Thomas-Mann-Studien, Bd. I, Bern und München 1967

Zitate Thomas Manns werden in den Anmerkungen durchweg ohne Nennung von Ausgaben der zitierten Texte nachgewiesen. Dasselbe gilt für Zitate Schopenhauers und Nietzsches. Darum wurden die zitierten Autoren (zum Beispiel Shakespeare und Calderon) auch nicht in das Literaturverzeichnis aufgenommen.